CARAMBAIA

ilimitada

Ivan Aleksêievitch Búnin

Dias malditos

Tradução, notas e posfácio
MÁRCIA VINHA

Dias malditos
7   Moscou, 1918
51 Odessa, 1919

. . .

189 Posfácio, por Márcia Vinha
199 Índice onomástico

Moscou, 1918

1º DE JANEIRO (CALENDÁRIO ANTIGO)[1]

Acabou esse ano odiento. E o que virá depois? Pode ser que algo ainda mais abominável. Talvez até isso seja possível.

E, ao redor, é impressionante, quase todos estão, por algum motivo, felizes – basta cruzar com qualquer um na rua que se vê o brilho no rosto:

— Ora, deixe disso, meu velho! Daqui a duas ou três semanas você vai sentir vergonha...

Animado, ele me dá um aperto de mão, carinhoso e alegre (com pena de mim, o tolo), e segue adiante.

Hoje tive outro encontro igualzinho a esse. Estive com Speránski, do *Diário Russo*, e depois dele dei de encontro com uma velha na travessa Merzliakóvski. Ela parou, apoiando-se numa muleta com as mãos tremendo, e choramingou:

— Meu bom homem, o senhor não poderia cuidar de mim? Onde é que vamos parar? A Rússia está perdida! Estão dizendo que, por mais treze anos, a Rússia estará perdida!

---

[1] A datação segue o calendário juliano, adotado no Império Russo até a Revolução de Outubro de 1917. Está treze dias adiante do calendário gregoriano, usado pelo Ocidente.

7 DE JANEIRO

Estive na reunião da Editora dos Escritores e houve uma novidade extraordinária: dissolveram a Assembleia Constituinte!

Sobre Briússov: está cada vez mais de esquerda, "quase um autêntico bolchevique". Era de esperar. Em 1904, exortava o absolutismo, defendia (um verdadeiro Tiútchev!) a rápida conquista de Constantinopla. Em 1905, apareceu com o poema "O punhal" no jornal *A Luta*, de Górki. No começo da guerra contra os alemães, virou patriota roxo. Agora é bolchevique.

5 DE FEVEREIRO

Em 1º de fevereiro implementaram o novo calendário. Assim, segundo eles, hoje é dia 18.

Ontem estive na reunião do Sredá[2]. Havia muitos "jovens". Maiakóvski, no geral, até que se portou decentemente, se bem que com uma independência grosseira. Ficou se exibindo, com sua franqueza de uma besta quadrada dotada de opinião, de camisa larga, sem gravata e um paletó de gola levantada, sabe-se lá por quê, parecido com aqueles tipos de barba malfeita que moram em quartos nauseantes e que, ao acordar, vão direto à latrina.

Leram Ehrenburg, Vera Inber. Sacha Koiránski falou deles assim:

---

[2] Ou "Quartas de Telechóv", grupo literário moscovita, existiu entre 1899 e 1922. Reunia-se na casa de Telechóv e, entre seus participantes, destacam-se Búnin, Andrêiev e Górki.

Quando uiva Ehrenburg
Inber, ávida
Segue seu brado
Não trocam Berdíchev[3]
Por Moscou, nem Petersburgo.

6 DE FEVEREIRO

Nos jornais, o início da ofensiva alemã. Todos dizem: "Ah, se...!".

Andamos pela rua Lubianka. Aqui e ali, *manifestações*. Um homem ruivo de sobretudo com gola de pele de ovelha, sobrancelhas vermelhas crespas, rosto recém-barbeado coberto de pó de arroz e dentes com restaurações de ouro, fala num mesmo tom, como se estivesse lendo, das injustiças do antigo regime. Um senhor de nariz arrebitado e olhos esbugalhados retruca com raiva. Mulheres exaltadas intervêm fora de hora, interrompem a discussão (de princípios, segundo o ruivo) com detalhes e histórias apressadas sobre a própria vida, forçadas a apontar o inferno que estão criando. Alguns soldados, pelo visto, não entendem nada, mas, como sempre, duvidam de alguma coisa (na verdade, de tudo), meneando a cabeça.

Chega um mujique, um velho de bochechas pálidas, inchadas, cavanhaque branco, que se mete no meio da aglomeração, cravando o cavanhaque por entre as mangas de dois fulanos; estes ficam em silêncio o tempo todo, só ouvindo os demais senhores. Ele também começa a ouvir atentamente, mas, pelo visto, não entende nada, igual aos outros, nem acredita em nada nem em ninguém. Então

---

[3] Pequena cidade no norte da Ucrânia, importante centro do judaísmo chassídico.

surgem um operário alto de olhos azuis e mais dois soldados, segurando sementes de girassol. De pernas curtas, os soldados se entreolham, sombrios, ruminando desconfiados. No rosto do operário brinca um sorriso maldoso e alegre, um menosprezo; ele fica parado, ao lado das pessoas, dando a impressão de que está de passagem, matando tempo, pensando: pois é, como eu esperava, só besteira.

Uma dama reclama, com pressa, que agora não tem nem um pedaço de pão; que antes tinha uma escola, mas agora dispensou todas as alunas, já que não tem o que dar de comer:

— Para quem está melhor com os bolcheviques? Está pior para todo mundo e, antes de tudo, está pior para nós mesmos, o povo!

Interrompendo-a, uma putinha de cara pintada, tosca, se intromete, começa a falar que logo, logo os alemães estariam chegando e que todos acabariam acertando as contas do que haviam feito.

— Antes dos alemães chegarem, degolamos vocês todos – diz friamente o operário, indo embora.

Os soldados confirmam:

— Ah, é isso mesmo! – e também se afastam.

Num outro grupo, um operário e um sargento discutem, conversando sobre o mesmo assunto. O sargento tenta falar da forma mais branda possível, escolhendo as expressões mais inofensivas, buscando atuar pela lógica. Ele quase adula o operário e, ainda assim, este grita:

— Gente do seu tipo tem mais é que ficar quieta, isso sim! Não tem nada que ficar espalhando propaganda entre o povo!

K. diz que R. o visitou ontem de novo. Ficou quatro horas e passou o tempo todo lendo, alheado, um livro de um autor qualquer sobre ondas magnéticas, deixado na mesa; depois, tomou chá e comeu todo o pão que haviam dado a K. R. é doce por natureza, calado e nem um pouco cara de pau, mas agora ele chega e, sem nenhuma vergonha, come todo o pão sem dar a mínima para os anfitriões! Como o homem decai rápido!

Blok aderiu abertamente aos bolcheviques. Publicou um artigo que agradou a Kogan (P. S.). Ainda não o li, mas contei a Ehrenburg o que presumia ser e, como depois se confirmou, minha suposição acabou sendo bem acurada. Uma ladainha bem obviazinha, e Blok – um tonto.

No *Vida Nova*, jornal de Górki:

"A partir de hoje, fica claro até para o homem mais simples e inocente que não se fala mais nem sobre bravura alguma nem sobre merecimento revolucionário qualquer e nem mesmo sobre a mais básica honestidade que estiverem relacionados à política dos Comissários do Povo. Diante de nós há uma turma de aventureiros que, por interesses pessoais, para prolongar por algumas semanas a agonia de seu absolutismo moribundo, está disposta a agir com a mais vergonhosa perfídia com relação aos interesses da pátria e da revolução, com relação aos interesses do proletariado russo, em nome do qual eles vandalizam o trono vago dos Románov."

No *Poder do Povo*:

"Considerando os episódios de extermínio de pessoas que haviam sido presas durante interrogatórios no Conselho dos Deputados Trabalhadores, episódios que foram observados diversas vezes e repetidos todas as noites, pedimos ao Conselho dos Comissários do Povo proteção contra semelhantes atos de vandalismo…"

No *Palavra Russa*:

"Os mujiques de Tambóv, da aldeia de Pokróvski, protocolaram: 'Em 30 de janeiro nós, a sociedade, perseguimos dois predadores, nossos cidadãos Nikita Aleksándrovitch Búlkin e Adrian Aleksándrovitch Kudínov.

Mediante a concordância de nossa sociedade, eles foram perseguidos e logo assassinados.'

"Na mesma hora, essa 'sociedade' fez um tipo de decreto sobre penalização dos crimes:

— Se alguém bater em alguém, a parte lesada deverá bater no ofensor dez vezes.

— Se alguém bater em alguém, resultando em ferimento ou quebra de ossos, o ofensor deverá ser privado de viver.

— Se alguém cometer furto ou aceitar objetos furtados, será privado de viver.

— Se alguém colocar fogo e for descoberto, então será privado de viver.

"Logo foram surpreendidos em flagrante dois ladrões. Rapidamente os 'julgaram' e os sentenciaram à pena de morte. Primeiro assassinaram um: arrebentaram a cabeça a pauladas, furaram o tronco com um forcado e jogaram o morto na estrada, sem roupa. Depois foram para cima do outro..."

Agora, você lê esse tipo de coisa todos os dias.

Na rua Petrovka, os monges estão quebrando gelo. Os transeuntes, em júbilo:

— Arrá! Botaram vocês pra trabalhar? E agora, irmão, cadê o sermão?

No quintal de uma casa na rua Povarskaia, há um soldado de casaco de couro cortando lenha. Um mujique passa, para, fica olhando por um bom tempo, depois meneia a cabeça e diz pesaroso:

— Ah, vai tomar no seu cu! Ah, seu desertor, vai tomar no meio do seu cu! A Rússia está perdida!

7 DE FEVEREIRO

No editorial do *Poder do Povo*:

"Chegou a hora fatal – morrem tanto a Rússia como a revolução. Todos pela defesa da revolução que, há pouco, brilhava para o mundo!" – E me diga, seu sem-vergonha, quando foi que ela brilhou mesmo?

No *Palavra Russa*:

"Foi assassinado o ex-chefe do estado-maior, o general Ianuchkiévitch. Ele foi preso em Tchernígov e, por ordem do tribunal revolucionário local, foi encaminhado a Petrogrado[4], à fortaleza de Pedro e Paulo. Dois soldados vermelhos acompanharam o general. De madrugada, um deles o assassinou com quatro tiros enquanto o trem se aproximava da estação de Órebiej."

A neve ainda brilha como no inverno, mas o céu se azula claro, primaveril, através do vapor reluzente das nuvens.

No bulevar Strastnói colam o cartaz de um espetáculo em homenagem a Iavôrskaia. Uma vagabunda, balofa, ruivo-rosada, maldosa e insolente, diz:

— Arre! Ficam pregando cartaz! E quem é que vai lavar o muro depois? Enquanto isso, o burguês está no teatro. Deviam proibir essa gente de ir ao teatro. Nós não vamos, ué! Ficam botando medo na gente, dizendo que os alemães já estão chegando, mas nada deles chegarem!

Pela rua Tverskaia, passa uma mulher de pincenê e gorro militar de pele de carneiro, jaqueta vermelha de tapeçaria, saia em farrapos e um pavoroso par de galochas.

Muitas damas, estudantes e oficiais ficam nas esquinas, vendendo algo.

---

4 Petrogrado, denominação de São Petersburgo de 1914 a 1924.

No vagão do bonde entra um jovem oficial e, enrubescendo, diz que "não pode, infelizmente, pagar pela passagem".

Entardecer. Na praça Vermelha, o sol baixo cega, a neve lisa espelha. Esfria. Entramos no Kremlin. No céu, uma meia-lua e nuvens rosadas. Silêncio, enormes montões de neve. Perto do depósito de munição chiam as *válienki*[5] do soldado de *túlup*[6] e rosto como que entalhado. Como essa guarda parece desnecessária agora!

Saímos do Kremlin — uma garotada passa correndo, gritando com sotaque afetado, em êxtase:

— Moguiliov foi conquistada pelas tropas alemãs!

8 DE FEVEREIRO

Andrei (criado do meu irmão Iúli) está cada vez mais doido, dá até medo.

Faz quase vinte anos que trabalha e sempre foi invariavelmente simples, cordato, doce, gentil e cordial conosco. Agora parece que não regula bem. Ele ainda trabalha com apuro, mas é claro que com muito esforço, pois mal consegue olhar para nós. Evita as conversas e treme todo de raiva quando não consegue segurar a língua e, com a voz entrecortada, acabam escapando tolices sem sentido.

Esta manhã, quando estivemos na casa do Iúli, N. N. disse, como sempre, que estão arruinando tudo, que a Rússia está voando direto para o abismo. De repente

---

5 Botas de feltro típicas da Rússia, destinadas a longa exposição ao frio, muito utilizadas por camponeses.
6 Casaco de pele longo e folgado, bastante usado por vigias, muito resistente ao frio.

Andrei, que colocava na mesa o conjunto de chá, começou a gesticular, o rosto em chamas:

— É claro, direto pro abismo! E quem é o culpado? Quem? A burguesia! E logo vocês vão ver só como ela vai morrer! E aí vão se lembrar do seu general Aleksêiev!

Iúli perguntou:

— Andrei, o senhor poderia ao menos uma vez explicar, em detalhes, por que detesta justo esse general?

Andrei, sem olhar para nós, sussurrou:

— Não tenho nada para explicar... O senhor mesmo devia saber...

— Há uma semana o senhor era um defensor convicto dele. O que foi que aconteceu?

— O que aconteceu? Espere um pouco que o senhor vai entender...

D. chegou – fugiu de Simferópol[7]. Lá, ele conta, está um "terror indescritível", soldados e operários "estão andando com sangue até os joelhos". Queimaram vivo um velho coronel na fornalha de uma locomotiva.

9 DE FEVEREIRO

Ontem estivemos na casa de B. Um bocado de gente se reuniu e todos foram unânimes: os alemães, graças a Deus, avançam, tomaram Smoliénsk e Bologóe.

De manhã, fui à cidade.

---

[7] Capital da Crimeia, então parte do antigo Império Russo, que se tornou um dos bastiões do Exército Branco durante a guerra civil. À época, a cidade era palco de pogroms e assassinato de militares.

No Convento da Paixão[8], um aglomerado de gente.

Cheguei mais perto, fiquei ouvindo uma dama com regalo de pele nas mãos e uma operária de nariz empinado. A dama fala apressada e, corada de agitação, confunde-se.

— Isso para mim não é só pedra — a dama responde rapidamente —, esse convento é um templo para mim, e vocês tentam provar...

— Eu não estou tentando nada — responde a mulher ordinária —, para você ele é sagrado, só que para nós ele é pedra, só pedra! A gente conhece! Já viu isso em Vladímir! Um pedreiro vai, pega uma tábua, dá uma lambuzada nela e pronto, foi Deus que baixou ali! Então reza você para ele, ora!

— Depois disso nem desejo falar com a senhora.

— Então não fala!

Um velho de dentes amarelos e barba branca por fazer discute com um operário:

— Claro, agora nada mais lhes resta: nem Deus nem consciência.

— Não mesmo.

— Agora mesmo, dia 5, massacraram inocentes.[9]

— É mesmo? E *os senhores*, que fuzilaram por trezentos anos?

Na rua Tverskaia, um velho general pálido, com óculos de prata e *papakha*[10] negra, vende alguma coisa em pé, humilde, simples como um mendigo...

---

8 Construído no século XVII para comemorar a chegada inesperada do ícone de Santa Maria a Moscou. Depois da guerra civil (1918--1921), o governo soviético desativaria as atividades religiosas e transformaria o local em um museu, para depois destruí-lo em 1930.
9 Referência ao episódio que ficou conhecido como Sexta-feira Sangrenta, ocorrido em 5 de janeiro de 1918.
10 Chapéu de pele cilíndrico, muito utilizado pelos cossacos e camponeses.

Como todos desanimaram, renderam-se absurdamente rápido!

Boatos sobre legiões polacas que talvez viessem nos salvar também. Por falar nisso, por que especificamente "legião"? Que abundância de palavras novas e grandiloquentes! Em tudo existe jogo, bufonaria, estilo "elevado", uma mentira pomposa...

As mulheres de todos esses f.d.p. que estão no Kremlin agora conversam por várias linhas diretas, como se fosse um telefone doméstico.

19 DE FEVEREIRO[11]

"Vai bem, muito bem! E não vai bem. Porque há em meu povo criminosos que põem armadilhas como caçadores e cavam covas para caçar homens. E o meu povo gosta disso. Escuta, terra: Eu trago contra este povo uma desgraça, resultado de seus planos."[12]

É do Livro de Jeremias – passei a manhã inteira lendo a Bíblia. Estupendo. E principalmente as palavras: "E o meu povo gosta disso... Eu trago contra esse povo uma desgraça, *resultado de seus planos*".

Depois, li as provas de *A aldeia*[13] para a editora de Górki, a Párus. E não é que o diabo me amarrou a esse

---

11 Há provavelmente um engano do autor em relação à data (vide a entrada seguinte).
12 Paráfrase de Jeremias 6:16; 5:32 e 6:19. Esta e as demais citações e paráfrases bíblicas baseiam-se na Bíblia do Peregrino, São Paulo: Paulus, 2002, 3ª edição.
13 *Deriêvnia* (1910). Novela de Búnin que rompe com a tradição literária russa na representação do mujique.

estabelecimento?[14] Ainda assim, *A aldeia* continua sendo um texto singular. Mas acessível somente àqueles que conhecem a Rússia. E quem a conhece?

Depois dei uma olhada (também para a editora Párus) nos meus versos de 1916:

> O dono morreu, a casa está trancada
> Nos vidros um cipreste colore
> No celeiro, a urtiga sobe
> A cocheira há muito escancarada
> Na lavoura o estrume esparge...
> Ardor e safra... Para onde esvoaça
> Chão afora o cão feroz?

Escrevi isso no verão de 1916, quando estava em Vassílievskoe[15], pressentindo aquilo que, na época, provavelmente pressentia muita gente da aldeia, do povo.

No verão do ano passado isso se materializou por completo:

> No campo, o centeio arde, o trigo ondeja,
> Mas quem decidirá colhê-lo, enfeixá-lo?
> No campo, o fogo sobe, o alarme toca,
> Mas o fogo, quem decidirá apagá-lo?
> No campo, a demoníaca legião peleja
> E, tal qual Mamai, a antiga Rus acabará...[16]

---

14 Búnin refere-se ao contrato, assinado em 1917 com a Párus, de publicação de sua obra reunida em dez volumes. Por discordância ideológica, a editora lançaria apenas um volume do autor, que passaria a ser banido na União Soviética.
15 Povoado na região rural de Oriol (atualmente Ismáilovski, região de Lipiétski), onde ficava a propriedade rural da família de Búnin.
16 Trecho do poema "Às vésperas" (*Kanun*).

Até agora não entendo como nós decidimos passar todo o verão de 1917 na aldeia e como e por que cargas d'água saímos intactos!

"Ainda não chegou a hora de olhar para a revolução russa[17] de forma imparcial, objetiva..." Ultimamente falam isso a toda hora. Imparcial! Porque imparcialidade legítima, de qualquer jeito, nunca existirá. Mais importante: nossa "imparcialidade" será muito, muito cara para o historiador do futuro. Será que só a "paixão" do "povo revolucionário" é que importa? E nós? Não somos gente, não?

Ontem estive no Sredá. Auslender leu algo – algo para lá de lamentável, ao estilo de Oscar Wilde. Ele inteiro estava exânime, os olhos secos e escuros refletindo um brilho dourado, como as tintas roxas de escrever depois que secam.

Parece que os alemães não avançam como se estivessem em guerra, ou seja, combatendo, conquistando; vão "simplesmente pela linha férrea" para ocupar Petersburgo. E isso ocorreria em 48 horas, nem mais nem menos.

No jornal *Izvestia* há um artigo em que comparam os sovietes com o Kutúzov. Está para nascer gente mais vigarista.

14 DE FEVEREIRO

Cai uma neve tépida.

O bonde está um inferno, com bandos de soldados com seus bornais – partem de Moscou, com medo de serem enviados para defender Petersburgo dos alemães.

---

[17] Em todo o livro, Búnin grafa "revolução russa" sem maiúsculas. Mantivemos sua opção.

Todos têm certeza de que a tomada da Rússia pelos alemães já começou. O povo também está falando disso: "Veja bem, o alemão vai chegar e colocar ordem nisso aqui".

Como sempre, há uma enorme quantidade de pessoas ao redor dos cinematógrafos, devorando os cartazes. À noite, eles estão simplesmente lotados. É assim o inverno inteiro.

Nos portões Nikítskie, um cocheiro trombou com um automóvel, amassou o capô. O cocheiro, um gigante de barba ruiva, não tinha ideia do que fazer:

— Perdão, pelo amor de Deus, eu lhe peço de joelhos!

O chofer, marcado de varíola, amarelado, foi severo, mas compassivo:

— Por que de joelhos? Você é um trabalhador de fibra, tanto quanto eu. Só que da próxima vez preste atenção e não apareça na minha frente!

Ele se sente superior, e não é à toa. São os novos senhores.

Os jornais têm colunas em branco: censura. Murálov "deu o fora" de Moscou.

O cocheiro, perto do restaurante Praga[18], ri alegre:

— Mas como? Que venham os alemães. Pois já não era um alemão que governava a gente?[19] Dizem que lá já prenderam uns trinta judeus importantes. E nós? Nosso povo é bronco. É só dizer "Sigam esse cara!" e logo está todo mundo indo atrás.

---

18 Lendário restaurante em Moscou, frequentado por artistas e membros da *intelligentsia*.
19 Referência aos boatos de cooperação entre a Alemanha e Nicolau II, cuja esposa era de origem alemã.

15 DE FEVEREIRO

Decepção com os jornais depois das notícias de ontem à noite, sobre Petersburgo já estar tomada pelos alemães. Trazem as mesmas palavras de ordem de sempre, "todos por um na luta contra os alemães brancos".

Lunatchárski convoca até ginasianos para se alistarem na Guarda Vermelha e "lutarem contra Hindenburg". E, assim, daremos aos alemães 35 regiões governamentais, milhões de canhões, metralhadoras automáticas, trens, projéteis...

De novo uma neve úmida. As estudantes andam cobertas de neve — que belo e alegre! Uma é particularmente linda, com olhos azuis magníficos por trás do regalo de pele erguido junto ao rosto... O que espera essa juventude? À noitinha, o sol brilha cada vez mais primaveril. A oeste, uma nuvem dourada. Poças e uma neve por derreter, branca e macia.

16 DE FEVEREIRO

Ontem à noite fomos à casa do T. A conversa, claro, girou em torno do mesmo assunto: o que está acontecendo. Estavam todos horrorizados, só Chmelióv não dava o braço a torcer, enfatizando o tempo todo:

— Não, eu acredito no povo russo!

Ontem andei a manhã inteira pela cidade. Dois soldados passaram numa conversa animada, alegre:

— Pois é, meu irmão, agora não dá... agora Moscou não vai resistir, não.

— É... Agora, nem a província vai ficar de pé.

— O alemão vai chegar e vai botar ordem nisso aqui.

— Claro. De qualquer jeito o governo não presta. Pra tudo que é lado só tem capeta.

— Mas, se não fossem eles, nós dois estaríamos na lama das trincheiras.

Na loja do Belóv, um soldado jovem de cara bêbada e fuça inchada oferecia 50 *puds*[20] de manteiga, falando alto:

— Hoje em dia, não vale a pena ter vergonha de nada. Olha só nosso atual comandante em chefe, Murálov, um soldado que nem eu, e outro dia gastou 20 mil *tsarskie*[21] em bebida!

Vinte mil! Um exagero da imaginação desses brutos, bem provável. Mas quem sabe? Pode até ser verdade.

Às quatro teve reunião dos jornalistas no Círculo dos Artistas[22]. Tema: "Elaboração de um protesto contra a censura bolchevique". O dirigente foi Melgunóv. Kuskova propôs parar por completo de editar o jornal, em sinal de protesto. Ela que pensa! E os bolcheviques lá vão se incomodar com isso? Depois, de cabeça cada vez mais quente, garantiram que os bolcheviques estão nas últimas. Já estão tirando suas famílias de Moscou. Fritsche, por exemplo, já tirou a sua.

Falaram de Salikóvski:

— Ah, sim, imaginem só! Quando ele ainda era jornalista, já era uma porcaria... mas esse Conselho é risível mesmo, e Salikóvski... administrador-geral de Kiev!

Voltamos com Tchírikov. Ele tem as notícias mais confiáveis e recentes: o general Kámeniev se deu um tiro;

---

20 Ou 800 quilos. O *pud* é uma antiga medida de peso russa equivalente a 16 quilos.
21 Primeiro papel-moeda russo.
22 Círculo literário e artístico que reunia representantes do teatro e da literatura. Criado em 1899, foi liderado por muito tempo pelo poeta Briússov.

na rua Povarskaia está o quartel-general alemão; é muito perigoso morar lá, pois é lá que a batalha mais inflamada vai acontecer; os bolcheviques trabalham em parceria com monarquistas e figurões do comércio; segundo Mirbach, foi decidido votar em Samárin para ser tsar. Nesse caso, então contra quem vai ser a batalha inflamada?

Madrugada

Depois de me despedir de Tchírikov, encontrei na Povarskaia um soldado, um meninote em farrapos, magricela, nojento e que mal parava em pé de tão bêbado. Enfiou a cara no meu peito e, recuando, cuspiu em mim, dizendo:
— Seu déspota filho da puta!
Agora, em casa, colocando em ordem meus manuscritos e notas, já que é hora de nos prepararmos para ir para o sul, eis que encontro as provas de meu "despotismo". Aqui está minha anotação de 22 de fevereiro de 1915:

> Parece que nossa empregada Tânia gosta muito de ler. Depois de tirar de debaixo da minha escrivaninha um cesto com rascunhos rasgados, ela escolhe alguns pedaços, junta todos e, quando tem um minuto livre, lê – devagar, um sorriso plácido no rosto. Em vez de simplesmente me pedir um livro... por medo, vergonha... que vida cruel e nojenta estamos vivendo!

Agora, o inverno de 1916, em Vassílievskoe:

> Tarde da noite, eu no escritório, lendo numa poltrona velha e confortável. Aconchego. Perto de mim, um antigo abajur maravilhoso. Entra Mária Petróvna e me entrega um envelope amassado de papel cinza encardido:
> — Ela quer mais. O povo perdeu a vergonha.

Como sempre, no envelope vejo a grafia ousada do telegrafista de Izmálkov em lilás: "Pagar ao mensageiro 70 copeques". E, como sempre, a lápis e de modo muito grosseiro, o número 7 está corrigido para 8, emenda do filho desse "mensageiro", ou seja, de Makhótotchka, a camponesa de Izmálkov que traz telegramas. Levanto e atravesso os cômodos escuros rumo à antessala. Lá, exalando o ranço de casaco de pele de ovelha e cheiro de isbá, está a pequena mulher, enrolada num xale coberto de geada, o chicote em punhos.

— Makhótotchka, você corrigiu a correspondência de novo? E ainda quer mais?

— Senhor – responde Makhótotchka com a voz empedernida pelo frio –, olha só como está a estrada... É um buraco atrás do outro. Até a alma sacudiu de tanto buraco. Além disso, está tudo congelado nesse frio danado... E os joelhos, que eu nem sinto mais? Além do que, são 20 verstas para ir e 20 para voltar...

Meneio a cabeça em censura, depois meto 1 rublo na mão de Makhótotchka. Na sala, ao voltar, olho pela janela: a noite gélida e enluarada resplandece no pátio nevado. E imediatamente se abre o campo claro e infinito, a estrada esburacada e brilhante, o trenó enrijecido batendo contra o chão, o cavalinho bundudo que corre a passos curtos, todo coberto pela geada, os cílios grandes e esbranquiçados de neve... No que estará pensando Makhótotchka, encolhida de frio e de vento ardente, sentada de lado no canto do trenó? No escritório, abro o telegrama: "Junto com todo o Striélna[23], brindamos à glória e ao orgulho da literatura russa!". Eis, afinal, a troco de quê Makhótotchka ficou 20 verstas se chocando com buracos.

---

23 Restaurante de elite, em Moscou.

17 DE FEVEREIRO

Ontem os jornalistas disseram, unânimes, que não acreditam que a paz com os alemães tenha sido assinada de verdade.

— Não dá para imaginar – disse A. A. Iablonóvski –, não dá para imaginar a assinatura de Hohenzollern ao lado da de Bronstein!

Ontem estive na casa de Zúbov (na Povarskaia). Kólia[24] estava lá escolhendo uns livros. Parece primavera, sol e neve reluzente, a beleza do azul-claro atrás dos ramos de bétula.

Às quatro e meia, na praça Arbat, banhada pelo sol reluzente, multidões arrancam das mãos dos jornaleiros o *Notícias da Tarde*: assinaram a paz!

Ligo para o *Poder do Povo*: é verdade que assinaram? Respondem que acabaram de telefonar ao *Izvestia* e que a resposta foi firme: sim, assinaram.

Pois é, "não dá para imaginar".

18 DE FEVEREIRO

De manhã teve reunião na Editora dos Escritores. Até o começo da sessão, xinguei os bolcheviques com as piores palavras. Kliestóv-Angárski – ele já virou comissário de alguma coisa – não disse uma só palavra.

Nos muros das casas há cartazes colados, Trótski e Lênin acusados de serem comprados pelos alemães. Pergunto a Kliestóv:

— E então, quanto será que esses canalhas ganharam?

---

[24] Apelido de Nikolai. Ver, no índice, Puchêchnikov.

— Não se preocupe – ele respondeu com um sorriso turvo –, o suficiente...

No caminho só se ouvia:

— A paz foi assinada só pela Rússia, os alemães se recusaram...

Que autoconsolo estúpido.

À noite, as cruzes da igreja brilhavam num rosa-dourado fosco.

19 DE FEVEREIRO

O crítico Kogan me contou sobre Steinberg, o comissário da Justiça: ele é conservador, judeu religioso, só come kasher, sabatista inveterado... depois falou de Blok: agora ele está em Moscou, é bolchevique inveterado, secretário pessoal de Lunatchárski. Comovida, a esposa de Kogan disse:

— Não o julgue com rigor! Ele não passa de uma criança, uma criança!

Ontem, às cinco horas, eu soube que soldados bêbados jogaram uma bomba na Sociedade Econômica dos Oficiais, na rua Vozdvíjenkaia. Foram mortas, dizem, umas sessenta, oitenta pessoas.

Acabo de ler a "resolução" que chegou de Sebastopol, apresentada pelo comando do navio de linha *Rússia Livre*. Uma obra-prima:

— A todos, todos, inclusive aos que estão para além de Sebastopol, e que ficam atirando à toa!

— Camaradas, desse jeito vocês metem uma bala na própria cabeça, porque logo não teremos com o que dar tiros mesmo que exista um alvo. Todos vocês que ficam atirando à toa vão ficar a ver navios e aí, queridinhos, serão pegos de mão abanando.

— Camaradas, a burguesia engole até aqueles que estão nos caixões e nos túmulos. Vocês mesmos, seus traidores, atiradores, quando gastam cartuchos, estão ajudando a burguesia a engolir os outros também. Convocamos todos os camaradas a se unirem a nós e impedirem todos esses cabeças de jumento de atirar.

— Camaradas, de hoje em diante iremos atuar para que cada tiro nos diga o seguinte: "Um burguês ou um socialista não vive mais". Cada bala que atirarmos deve voar para dentro de um bucho gordo, e não para o mar, para fazer espuma na água da enseada.

— Camaradas, os cartuchos são nossas meninas dos olhos, cuidem deles. Ainda dá para viver com um olho só, mas não sem cartucho.

— Se nos próximos funerais reiniciarem os tiros pela cidade e pela enseada, lembrem-se: nós também, marinheiros militares do navio de linha *Rússia Livre*, atiraremos uma vezinha só. Só não venham reclamar de nós se os tímpanos e as janelas de todos estourarem.

— E assim, camaradas, em Sebastopol não haverá mais tiros à toa nem tiros sem alvo, haverá apenas tiros a serviço: para os contrarrevolucionários e para os burgueses, não para a água ou para o ar, sem os quais ninguém pode viver sequer por alguns minutos!

20 DE FEVEREIRO

Fui à estação de trem de Nikoláievski.

Muito sol, até demais, e um pouco frio. Do morro, atrás da praça dos Portões de Miasnítski, um horizonte azul-acinzentado, os montes dos prédios, as cúpulas douradas das igrejas. Ah, Moscou! Na praça em frente à estação a neve derrete, toda a praça cintila dourada, como espelhos. O aspecto pesado e forte das carroças com bagagens. Será mesmo o fim de toda essa força, de toda essa abundância? Uma turba de homens, soldados de capotes variados, capotes quaisquer, com diversas armas – uns com sabre na cintura, outros com rifle, outros com um enorme revólver no cinto. Agora os donos de tudo isso, os herdeiros dessa herança colossal são eles...

Pego o bonde lotado, claro.

Duas velhas xingam com raiva o "governo":

— Que morram todos! Eles dão um pedacinho de nada de um pão torrado, que é bem capaz que já estivesse largado um ano lá e, quando você começa a mastigar, vem aquele fedor... que ódio!

Perto delas, um homem ouve. O débil olha, o débil sorri esquisito, morto, retardado. No seu rosto marrom caem dependurados trapos sujos de um gorro branco manchuriano. Os olhos são brancos.

E no meio de todos os demais, sentados e em pé, com a cabeça inteira acima de todos, há um militar gigante num belo uniforme cinza, preso por um bom cinto, com um gorro redondo, cinza militar, como o de Alexandre III. Alto, nobre, barba castanha brilhante, cheia e longa, nas mãos enluvadas ele guarda o Evangelho. Completamente diferente de todos. O último dos moicanos.

Na volta, a rua, na direção do sol, cega. Ao redor, todos se soerguem e olham: a cena é a Moscou antiga do quadro de Súrikov: um aglomerado de homens e mulheres do povo, com casacos de pele curtos, cerca um homem de gorro vermelho e de *armiák*[25] cor de centeio; ele desatrela apressado um cavalo que se debate, caído na calçada, e os enormes trenós abarrotados de palha, com

---

25 Casaco de tecido grosseiro ou de lã, muito usado por camponeses.

as hastes dos arreios deformadas pelo animal; os eixos invadem o pavimento. O homem berra a plenos pulmões:

— Ei! Alguém! Ajuda! – Mas ninguém se mexe.

Às seis, saímos. Encontramos M. Ele diz ter acabado de ouvir que, parece, estão minando o Kremlin, que querem explodir bem na hora que os alemães chegarem. Eu então olhei o céu extraordinário do Kremlin, verde, o ouro envelhecido de suas cúpulas antigas... Os túmulos dos grãos-príncipes, o Palácio das Torres, a Catedral do Salvador na Mata, a Catedral do Arcanjo – quanto tudo isso me é familiar, consanguíneo, e só agora sinto e compreendo! Explodir? Tudo pode acontecer. Agora, tudo pode acontecer.

Boatos: daqui a duas semanas teremos monarquia e o governo de Adriánov, Sandiétski e Míschenko; os melhores hotéis se preparam para os alemães.

Os socialistas revolucionários, aparentemente, estão preparando uma revolta. Parece que os soldados estão do lado deles.

21 DE FEVEREIRO

Kámenskaia esteve aqui. Estão sendo despejados, como tantas outras centenas de pessoas. O prazo dado é de 48 horas, mas nem em uma semana dá para encaixotar o apartamento deles.

Encontrei-me com Speránski. Ele diz que, de acordo com informações do *Boletim Russo*, uma comissão alemã segue para Petersburgo para a contagem das baixas dos alemães e diz também que Petersburgo terá uma polícia alemã; Moscou também terá uma polícia alemã e já tem um quartel alemão; Lênin está em Moscou e, como ele fica no Kremlin, o Kremlin entrou em estado de sítio.

22 DE FEVEREIRO

De manhã, um trabalho doloroso: escolher livros – vender qual e ficar com qual (estou juntando dinheiro para partir).

Do *Poder do Povo*, deram ao Iúli as "informações mais confiáveis": anunciaram Petersburgo uma cidade livre; Lunatchárski foi designado o administrador da cidade (Lunatchárski, o administrador da cidade!). Depois: amanhã os bancos de Moscou serão transferidos aos alemães; a ofensiva alemã continua... Um inferno sem pé nem cabeça!

À noite, Teatro Bolchói. Ruas escuras, como sempre agora, alguns postes de luz na praça do teatro adensam ainda mais a escuridão do céu. A fachada sombria do teatro, triste-fúnebre, sem as carruagens e automóveis de antes. Por dentro vazio, só alguns camarotes. Um judeu de careca marrom, barba grisalha aparada nas bochechas e óculos dourados, sempre cutucando a filha, uma menina de vestido azul-escuro parecida com um carneiro preto sempre sentada no parapeito. Disseram que é algum "emissário".

Quando saímos do teatro, o céu azul-negro entre as colunas, duas ou três manchas azul-escuras de estrelas, vento gélido. Dirigir é horripilante. Sem luz na rua Nikítskaia, funérea-escura, casas pretas dependuradas do céu verde-escuro, parecendo enormes, ressaltando-se de um jeito meio novo. Quase não havia transeuntes; se alguém aparecia, era quase correndo.

Que Idade Média, que nada! Naquele tempo, pelo menos, todos viviam armados e as casas eram quase inacessíveis...

Na esquina da rua Povarskaia com a travessa Merzliakóvski tinha dois soldados armados. Guardas ou ladrões? Tanto uma coisa quanto outra.

23 DE FEVEREIRO

Os "jornais burgueses" voltaram – com grandes espaços em branco. Encontrei K. "Em alguns dias os alemães estarão em Moscou. Terrível: dizem que vão mandar os russos para o front contra os aliados." É sempre a mesma coisa. E sempre a mesma angústia, a mesma espera entediante que não se resolve.

Todos discutem para onde ir. À noite estive no Iúli e, enquanto voltava para casa, acabei caindo num fogo cruzado. Atiravam loucamente com espingardas do alto da Povarskaia.

Hoje vieram uns enceradores à casa do P. Um de cabelo preto ensebado, corcunda e de camisa bordô; outro com marcas de varíola, cabeleira. Dançaram, sacudindo o cabelo, rostos brilhantes e lábios suados. Perguntamos:

— E então, o que contam de bom?
— Nada. Está tudo ruim.
— E daqui pra frente, acham que vai ser como?
— Só Deus sabe – disse o cabeleira. — A gente é um povo bronco. O que a gente sabe? Eu, pelo menos, sei ver as letras e esse daí nem enxergar enxerga. Como vai ser? O que for: deixaram os presos sair da cadeia e agora são eles mesmos que governam, só que não podiam soltar eles, eles já deviam ter desaparecido do mapa há muito tempo. Esfolaram o tsar, só que na época dele não faziam nada disso. Agora que ninguém mais dá fim nesses bolcheviques. O povo afrouxou. Eu, que não consigo matar nem uma galinha, bem que desceria o cacete neles. O povo afrouxou. Eles dão uns 100 mil. E a gente? Quantos milhões somos? E não fazemos nada. Agora, se pudesse abrir loja de bebidas, se dessem liberdade pra gente, a gente enxotava todo mundo dos apartamentos, arrastando pelo cabelo.

— É tudo judeu! – disse o de cabelo preto.

— E, além do mais, polacos. E dizem que até esse Lênin aí é falso, que o verdadeiro já foi assassinado.

— E o que você acha da paz com os alemães?

— Essa paz não vai acontecer. Vão parar com isso logo. E os polacos logo ficarão do nosso lado. O principal é: não tem pão. Ontem, ele comprou uma rosquinha de 3 rublos, eu tomei uma sopa rala...

24 DE FEVEREIRO

Outro dia, comprei 1 libra de tabaco e o pendurei numa linha entre as esquadrias do postigo, para não secar. A janela dá para o pátio. Hoje, às seis da manhã, alguma coisa fez um crás no vidro. Sobressaltado, vi uma pedra no chão de casa, o vidro quebrado, sem tabaco e alguém fugindo. É roubo em todo lugar!

Cirros e sol intermitente, nesgas de poças azuis...

No prédio em frente, rezam uma súplica com o ícone "Alegria inesperada", os padres cantam. Agora tudo isso parece estranho. E tão comovente. Muitos choram.

De novo ficam martelando que entre os bolcheviques há muitos monarquistas e que, no geral, todo esse bolchevismo foi criado para restabelecer a monarquia. Outra besteira, é claro, uma história inventada pelos próprios bolcheviques.

Sávitch e Aleksêiev estariam agora em Pskov "formando o governo".

O *Poder do Povo* liga para a central telefônica: 60-42, por favor. Transferem.

Mas o telefone está ocupado, e o *Poder do Povo*, sem querer, cai numa linha cruzada com alguém do Kremlin:

— Estou com quinze oficiais e o ajudante de ordens Kaledin. O que eu faço?

— Fuzila logo.

Quanto aos anarquistas: é como se fossem pessoas fora do comum de tão alegres e gentis; o "Conselho" dos bolcheviques tem muito medo deles; o chefe — Barmach — é um caucasiano completamente louco.

Em Sebastopol, o "atamã" dos marinheiros, um tal de Rívkin, um nanico de barba com tufos, participou de muitos saques e assassinatos; mas é "homem da mais terna alma".

Agora é comum muitos dizerem ter notícias exclusivas.

Na cafeteria do Filíppov, parece que viram Adriánov, que seria o antigo governador da cidade de Moscou. Ele seria um dos conselheiros secretos mais importantes do Conselho dos Deputados Trabalhadores.

25 DE FEVEREIRO

Iúrka Sáblin, comandante do Exército! Um fedelho de 20 anos, especialista na dança *cakewalk*[26], um galã conquistador...

Boato: os aliados — agora são os aliados! — entraram num acordo com os alemães e estão encarregados de colocar ordem na Rússia.

De novo tem manifestação, bandeiras, cartazes, música — cada um faz uma coisa enquanto gritam aos quatro ventos:

— De pé, na luta, povo trabalhador![27]

---

26 Estilo de dança de origem afro-americana.
27 Citação de "A Marselhesa dos trabalhadores", hino da Revolução Francesa adaptado ao contexto russo.

As vozes são desafinadas, primevas. Os rostos das mulheres são tchuvaches, mordovianos[28], e os dos homens são todos igualmente criminosos, alguns claramente sacalinos[29].

Os romanos marcavam a ferro no rosto dos prisioneiros as palavras *"cave furem"*[30]. Esses rostos não precisam de nada – já está tudo escrito.

E ainda por cima essa Marselhesa, o hino desses franceses, deformado da pior maneira possível!

26 DE FEVEREIRO

Na esquina da Povarskaia, alguém que não é nem mujique nem operário desvenda em voz alta um anúncio do jornal *Hora da Tarde*, lendo o nome dos colaboradores. Ao terminar, diz:

— Corja de pilantras! E ainda são famosos!

Da redação do *Boletim Russo*: Trótski é espião alemão, era agente secreto na época em que trabalhava no departamento de segurança de Níjni Nóvgorod. Stútchka quis se vingar dele no *Pravda*.

27 DE FEVEREIRO

Outro feriado – aniversário da revolução. Mas não há ninguém em lugar nenhum, e certamente não é porque,

---

28 Povos de diferentes origens étnicas que compõem atualmente as repúblicas autônomas da Rússia.
29 Referência à população presidiária da ilha de Sacalina, ilha-presídio colonizada em sua maioria por criminosos condenados pela Justiça.
30 No original, em latim: "Cuidado com o bandido".

de novo, há nevasca e frio. Simplesmente, as pessoas já se encheram.

Que maluquice horrível, selvagem: o nosso telefone toca sozinho o dia inteiro, sem parar. Dele, uma salva de tiros.

"Estão se espalhando! Karakhan foi apontado como embaixador em Constantinopla e Kámenev, em Berlim…"

Lemos o artiguinho de Lênin. Desprezível e fraudulento — ou a Internacional ou a "insurreição nacional russa".

28 DE FEVEREIRO

Frio de novo. Muita neve, sol, os vidros das casas brilham.

Notícias da rua Sriétenka — soldados alemães ocuparam o quartel de Spásski.

Um destacamento alemão parece ter entrado em Petersburgo. Amanhã sairá um decreto sobre a desnacionalização dos bancos. Eu acho que, de novo, esses bolcheviques estão nos enganando.

E o telefone tocando até agora — treme, soa e solta uma salva de tiros flamejantes!

1º DE MARÇO

À noite fomos ao Chkliar.

Indo para lá, vimos o advogado Tesliênko. Chegava em casa num cavalo baio. Paramos e o cumprimentamos. Animado, ele fala que os bolcheviques estão ocupados só com uma coisa: "roubar tanto dinheiro quanto possível, pois sabem perfeitamente que o reinado deles acabará".

Além de nós, estavam Derman e Gruzínski.

Um soldado contou o seguinte a Gruzínski, no bonde:

— Como estou sem trabalho, fui ao Conselho dos Deputados pedir emprego. Emprego não tem, disseram, mas toma aqui dois mandados de busca, com eles você pode se arranjar muito bem. Eu mandei todos para aquele lugar... ora, sou um homem honesto...

Derman recebeu notícias de Rostóv: o movimento de Kornílov está fraco. Gruzínski discordou: ao contrário, o movimento está se fortalecendo e crescendo. Derman acrescentou:

— Os bolcheviques estão cometendo barbáries aterrorizantes em Rostóv. Reviraram o túmulo de Kaledin, fuzilaram seiscentas enfermeiras Irmãs da Misericórdia...

Bom, se não foram seiscentas, ainda assim, na certa foi por aí. Não é a primeira vez que nosso mujique carola, esse mesmo das lendas que as próprias freiras espalharam, as espanca e estupra.

Dizem que Moscou estará sob comando alemão em 17 de março. O administrador da cidade será Budberg.

O cozinheiro do restaurante Iar[31] me disse que lhe tiraram tudo o que ele acumulou ao longo de trinta anos de trabalho duro, em pé, ao lado do fogão, num calor de 90 graus.

— E o Orlóv-Davýdov — acrescentou — enviou um telegrama a seus mujiques, eu mesmo o li: ateiem fogo — ele escreve — na casa, matem o gado, cortem a mata, mas deixem ao menos uma bétula, ela dá varas de fustigar, e um pinheiro, para ter onde se enforcar.

Boatos de que em Moscou os alemães organizaram uma repartição de perícia; parece que observam os menores passos dos bolcheviques, prestam atenção em tudo e anotam qualquer coisa.

---

31 Restaurante de Moscou onde se apresentava um conhecido coro de ciganos.

Notícias da nossa aldeia: os mujiques estão devolvendo aos senhores o que roubaram.

Essa última deve ser verdade. Nas ruas, ouço:

— Pois agora os soldados estão se cagando de medo. Antes todos alardeavam despreocupados, "Que venha o alemão, para o diabo com ele!", mas, agora que a coisa está ficando séria, estão é com um medo danado. Vamos receber, dizem, um castigo; e merecido, dos grandes, porque, falando a verdade, viramos bichos demais!

É, *mas se fosse realmente um tanto "séria", essa "força natural da grande revolução russa" já teria se aquietado.* Como a vida no campo passou dos limites, como foi horrível ficar em Vassílievskoe no verão do ano passado! E, de repente, a notícia: Kornílov introduziu a pena de morte — e passou quase julho inteiro sem ninguém dar um pio em Vassílievskoe. Já em maio e junho, dava medo andar pelas ruas, já que a noite inteira, aqui e ali, aparecia um clarão de incêndio no horizonte preto. Uma vez, de manhã, atearam fogo no nosso celeiro. Veio gente da aldeia inteira querendo me jogar no fogo, gritando que tinha sido eu, e o que me salvou foi o ódio com o qual me atirei contra o bando de gente que gritava.

2 DE MARÇO

"Raspútin, o crápula, o bêbado, o gênio do mal da Rússia." Na certa, um mujique dos bons. E vocês, então, que ainda não saíram do Urso nem do Cão Vadio[32]?

A nova baixaria literária, a meu ver, não tem mais como decair: abriram numa bodega nojenta uma tal de

---

32 Respectivamente, um restaurante e um clube noturno literário de Petersburgo.

Tabacaria Musical[33], onde cambistas, trambiqueiros e prostitutas enchem o bucho com bolinhos que custam 100 rublos de prata cada um, bebem aguardente caseira em xícaras de chá enquanto poetas e novelistas (Aliochka Tolstói[34], Briússov e outros) leem para eles obras próprias e de outros, escolhendo as mais obscenas. Briússov, dizem, leu *Gabrielíada*[35], pronunciando completamente tudo que os pontinhos substituíam. Aliochka teve a coragem de me convidar: seu cachê, diz ele, será bom.

"Vai-te embora de Moscou!"[36]

Pena. De dia, agora, a cidade está um nojo extraordinário. Clima úmido, tudo molhado e enlameado, buracos na calçada e no pavimento, o gelo em pedregulho, isso sem falar do povo. À noite e de madrugada fica vazia, o céu preteja embaçado e fúnebre, com pouca iluminação. Mas aí surge uma ruazinha tranquila, imersa no escuro, e entrando nela, de repente, você vê portões abertos; atrás deles, no fundo do pátio, a perfeita silhueta de uma casa antiga que escurece de modo suave no céu noturno, aqui bem diferente da outra rua – em frente ao prédio, uma árvore centenária e o rendado preto de sua tenda ampla e frondosa...

Li o novo conto de Trenióv (*Batraki*[37]). Asqueroso. Como tudo hoje em dia, é algo completamente mentiroso,

---

33 Cabaré literário em Moscou.
34 Diminutivo derrogatório de Aleksei Tolstói. Não confundir com Liév Tolstói, a quem Búnin também faz referências.
35 *Gavriiliada* (1821). Poema de Púchkin, uma paródia sobre a concepção de Jesus considerada blasfema.
36 Citação do clássico *O pesar da razão* (*Górie ot Umá*, 1825), sátira em versos de Aleksandr Griboiédov.
37 Romance de 1916, de Trenióv. O título refere-se a mujiques contratados para trabalhos sazonais, algo considerado epíteto da pobreza mesmo entre os camponeses.

afetado, que fala sobre o terrível de sempre, só que sem ser terrível, já que o autor não é sério: ele exaure com tanto "detalhamento", tanto "populismo" exagerado da língua e com tantas maneiras de narrar algo, dá até náusea. E ninguém vê isso, não sente, não entende – ao contrário, todos admiram. "Que obra polpuda, encorpada!"

"Congresso dos Sovietes." Discurso do Lênin. Ah, que animal!

Li sobre corpos no fundo do mar: são de oficiais mortos, afogados. E eles fazendo a Tabacaria Musical.

3 DE MARÇO

Os alemães tomaram Nikoláiev e Odessa. Moscou, dizem, será tomada no dia 17, mas eu não acredito e ainda estou me preparando para ir para o sul.

Maiakóvski era chamado de "Idiota Polifemovitch"[38] no ginásio.

5 DE MARÇO

Uma nevezinha rala, cinza. Na rua Ílinka, perto dos bancos, há um monte de gente – as pessoas inteligentes estão sacando dinheiro. No geral, muitos se preparam para partir, mas em segredo.

No jornal da noite, a tomada de Khárkov pelos alemães. O jornaleiro me disse:

— Que Deus nos livre e guarde. Até o diabo é melhor que o Lênin.

---

38 Patronímico de Polifemo, ciclope gigante da mitologia grega descrito na *Odisseia*.

7 DE MARÇO

Na cidade, dizem:

— Eles resolveram exterminar todos, todos os menores de 7 anos para que depois nem uma pessoa se lembre de nossa época.

Pergunto ao zelador:

— O que você acha, é verdade?

Ele dá um suspiro:

— Tudo pode acontecer, tudo pode acontecer.

— Será que o povo vai deixar?

— Vai, caro senhor, e como vai! Fazer o que com eles? Dizem que foram duzentos anos de domínio dos tártaros, mas será que naquela época o povo já era assim tão mole?

Andamos à noite pelo bulevar Tverskói: a estátua de Púchkin, embaixo de um céu nublado e claro, está com a cabeça baixa, amargurado, como se falasse de novo: "Deus, como é triste minha Rússia!"[39].

E nem uma alma por perto, de vez em quando só uns soldados e meretrizes.

8 DE MARÇO

Ekaterina Pávlovna sobre Spiridônova:

— Nunca me atraí por ela. Santarrona revolucionária, histérica, que plagiou aquela edição boba de Figner...

Sim, mas que heroína já foi essa Spiridônova!

Um depois do outro, aqueles prédios esplêndidos perto de nós (na rua Povarskaia) foram desapropriados. Deles não param de tirar móveis, tapetes, quadros, flores, plantas, não se sabe para onde – hoje uma palmeira não

---

39 Frase de Púchkin sobre *Almas mortas*, de Nicolai Gógol.

muito grande passou o dia inteiro numa carreta perto da entrada, inteiramente molhada de chuva e neve, profundamente infeliz. E não param de trazer coisas, carregar móveis novos, de escritório, para dentro desses prédios, que devem virar algumas divisões "governamentais".

Será possível que eles têm tanta certeza assim de uma existência longa e estável?

"A afronta me destroça o coração..."[40]

9 DE MARÇO

Hoje, no V. V. V. Ele, de botas longas e uma *podiovka*[41] de pele – estava se fazendo de "zemgussar"[42] –, trouxe, de novo, aquilo que já encheu a não poder mais, que não dá mais nem para ler nem para ouvir:

— Um poder inerte, cobiçoso, que não considera os desejos, esperanças e aspirações do povo, arruinou a Rússia... E por isso a revolução era inevitável...

Respondi:

— Não foi o povo que começou a revolução, foram vocês. O povo não dava a mínima para *nada que queríamos*, para nada que nos incomodava. Eu não falo da revolução, ela pode ser inevitável, linda, o que for. Mas não difame

---

40 Salmos 68:21.
41 Casaco típico russo, preagueado abaixo da cintura e justo no peito, muito utilizado por membros da *intelligentsia* e proprietários de terra no começo do século XX.
42 Apelido pejorativo, fusão de "hussardo" e "Zemgor", união progressista cívico-militar que visava ajudar as vítimas da guerra, tendo grande representação política na Rússia. Extinta em 1918, a organização teve continuidade atuando em outros países, prestando ajuda aos refugiados.

o povo — o povo precisava de seus importantes ministérios, da troca dos Scheglovítovs pelos Maliantóvitchs e da anulação de qualquer censura como alguém precisa de neve no verão — e isso ele provou de forma dura e crua, mandando para os diabos tanto o governo interino quanto a Assembleia Constituinte e "tudo pelo que morreram gerações dos melhores russos", como você afirma, e o "final vitorioso" do senhor.

10 DE MARÇO

As pessoas se salvam somente pela fraqueza de suas faculdades — pela fraqueza de imaginar, de prestar atenção, de pensar, caso contrário, seria impossível viver.

Uma vez Tolstói falou de si mesmo o seguinte:

— Meu mal é ter uma imaginação um pouco mais viva do que a dos outros...

Esse também é o meu mal.

Escuro e lama, às vezes a neve esvoaça.

Escolhemos livros para vender. Estou juntando dinheiro, é imprescindível ir embora, não consigo mais — fisicamente — suportar essa vida.

À noite fomos ao Vesselóvski. Contou de Fritsche, que viu há alguns dias. "É... há certo tempo ele era o indivíduo mais pobre e humilde, vivia de sobrecasaca puída e agora é uma persona — comissário das Relações Exteriores, de sobrecasaca com lapela de cetim!" Depois tocou músicas populares húngaras e Bach no harmônio. Um encanto. E em seguida demos uma olhada em livros antigos: que vinhetas! Que letras capitulares! E tudo isso — o século de ouro — já está destruído para sempre. Faz tempo que há uma constante queda em tudo.

De que jeito mais maldoso, com a maior má vontade, o porteiro abriu a porta para nós hoje! Todos, no geral, têm uma aversão feroz por qualquer trabalho.

11 DE MARÇO

Malinóvskaia, a esposa do arquiteto Malinóvski, uma mulher bronca, testuda e que nunca na vida teve a menor relação com arte dramática, agora é a comissária dos Teatros: ela e o marido são amigos de Górki, de Níjni Nóvgorod, por isso. De manhã, estivemos na Editora dos Escritores, e Gontarióv contou como Skliar a esperou por uma hora inteira, perto da entrada, até que, de repente, chegou um automóvel com ela dentro e ele correu para ajudá-la a descer, com nítida subserviência.

Gruzínski disse:

— Eu agora evito sair de casa a todo custo, a não ser que haja uma necessidade especial. E de jeito nenhum por medo de alguém me bater, mas sim de ver os rostos nas ruas de hoje em dia.

Eu o compreendo da melhor maneira possível, sinto o mesmo, só que de modo mais aguçado, acho.

O vento dispersa as nuvens ralas, já primaveris, pelo céu pálido azulado, nas sarjetas brilha a água corrente da primavera.

12 DE MARÇO

Encontrei Maliantóvitch, o advogado. Ele também já foi ministro. E para ele também tudo é festa, não está nem aí. Rosado, animado:

— Que nada, não se preocupe. A Rússia não pode

perecer, até porque a Europa não vai deixar isso acontecer: não se esqueça de que o equilíbrio europeu é imprescindível.

Estive com Tíkhonov (por causa da edição de minhas obras pela editora Párus), o eterno parasita de Górki. É mesmo uma editora muito estranha! O que Górki ganha criando a editora Párus para, num ano inteiro, *publicar só um livrinho de Maiakóvski*? Por que Górki comprou meu trabalho, pagou 17 mil adiantado, e até agora não publicou nem um único volume? O que está escondido por trás da fachada da Párus? E, em particular, quais são as relações dessa trupe — Górki, Tíkhonov, Himmer-Sukhánov — com os bolcheviques? Alegam que estão "brigando" com eles, mas Tíkhonov e Himmer chegaram e ficaram no Hotel Nacional, expropriado pelos bolcheviques, onde entrei depois de atravessar um bloqueio inteiro de soldados sentados na escada com rifles, e somente com uma autorização do "comandante" bolchevique do hotel. Tíkhonov e Himmer estão lá como se estivessem em casa. Na parede, retratos de Lênin e Trótski. Quanto aos negócios, Tíkhonov esquivou-se. "Logo, logo começamos a publicar, não se preocupe com isso."

Ficou contando sobre como os bolcheviques, até agora, estão surpresos porque conseguiram tomar o poder e ainda se manter nele:

— Lunatchárski, depois do golpe, passou umas duas semanas de queixo caído: "Pois vejam só! Só queríamos fazer uma manifestação e, de repente, esse êxito tão inesperado!".

13 DE MARÇO

Que vergonha! Os patriarcas e toda a cúpula da Igreja estão indo fazer reverência ao Kremlin!

Encontrei V. V. Ele repreendeu os aliados sem trégua: em vez de ocupar a Rússia, entram em negociação com os bolcheviques!

Almocei e fiquei até a noite na casa da primeira mulher de Górki, Ekaterina Pávlovna. Lá estavam Bakh (um revolucionário conhecido, velho imigrante), Tíkhonov e Mirolíubov. Este sempre engrandecendo o povo russo, ou seja, os mujiques: "Um povo que tem misericórdia, um povo esplêndido!". Bakh disse (em suma, sem o menor conhecimento da Rússia, já que passou a vida inteira no exterior):

— Mas por que essa discussão, meus senhores? Por acaso não houve crueldade na Revolução Francesa? O povo russo é um povo como qualquer outro. Traços negativos com certeza existem, mas há tanto de bom...

Retornamos com Tíkhonov. No caminho ele contou muito, muito sobre os cabeças bolcheviques, como se fosse bem próximo deles: Lênin e Trótski resolveram manter a Rússia nessa pressão, sem parar com o terror e com a guerra civil, até que o proletariado europeu entre em cena. E sua cooperação com o quartel-general alemão? Não, isso é asneira, eles são fanáticos, acreditam numa conflagração mundial. E vivem com medo de tudo, como se fosse fogo, estão sempre vendo conluios. Até agora estão morrendo de medo tanto pelo poder como por suas vidas. "Eles, repito, não esperavam de forma alguma a vitória em outubro. Depois que Moscou caiu, eles ficaram terrivelmente desnorteados, correram para a gente, para a *Vida Nova*, implorando para sermos ministros, oferecendo pastas..."

15 DE MARÇO

O mesmo frio gélido. E, sem calefação, faz um frio horrível nos apartamentos. Fecharam o *Diário Russo* por causa do artigo de Sávinkov.

Muitos acham que Sávinkov vai matar Lênin.

O "comissário para Questões de Imprensa", Podbiêlski, fechou e está processando o jornal *Lampião* – "por publicar um artigo que incita inquietação e pânico na população". Mas que preocupação com a população, que está sendo pilhada e assassinada a todo instante!

22 DE MARÇO

Ontem à noite, quando as luzes já começavam a brilhar atrás das árvores úmidas, avistei gralhas pela primeira vez.

Hoje está cinzento e nublado, embora haja muita luminosidade nas nuvens.

Fico lendo e lendo os jornais, quase chorando de fruição cruel. Falando a verdade, este último ano vai me custar, de fato, nada menos do que dez anos da minha vida!

De madrugada, céu negro-azulado com nuvens brancas e, entre elas, algumas estrelas brilhantes. Ruas no escuro. Prédios muito altos no céu escuro se fundem num só; suas janelas iluminadas são suaves, rosa.

23 DE MARÇO

Toda a praça Lubianka brilha ao sol. Uma sujeira úmida salpica das rodas. E é a Ásia, a Ásia – soldados, moleques, a venda de *priánik*[43], de halva, de quadradinhos de semente de papoula, de cigarros. O grito oriental, o burburinho — como todos são asquerosos, com esses rostos amarelos, cabelos cinza-rato! As caras dos soldados e dos operários, que vez ou outra vozeavam dos caminhões, eram triunfantes.

O velho alfarrabista Volnukhin, de casaco de pele, óculos. É afável, inteligente: seu olhar, triste e atento.

Foi o dia do santo[44] de N. Falaram que as datas em *"ni"* exigem comemoração[45]. O "velho regime" ainda está firme.

A taberna, de Premírov. Sem dúvida, um talento. Como assim? É o fim da literatura. E no Teatro de Arte está em cartaz, de novo, *Ralé*. Que oportuno! E, de novo, esse chato do Luká!

Até agora E. P. (Pechkova, esposa de Górki) está firmemente convencida de que só Minor poderia salvar a Rússia.

Jornal menchevique *Adiante*. Sempre o mesmo, sempre o mesmo!

As esposas dos comissários viraram, todas, comissárias também.

Um destacamento da Guarda Vermelha. Vão andando, esbarrando ora num, ora noutro, ora no passeio, ora na rua. O "instrutor" grita:

— Camaradas, sentido!

O jornaleiro, um ex-soldado:

— Ah, bando de porcos miseráveis! Vão para a guerra

---

43 Biscoito tradicional russo, semelhante ao pão de mel.
44 Dia do santo ou onomástico é uma comemoração cristã comum na Rússia e em outros países da Europa. Consiste na celebração do dia do santo homônimo, celebrado como um aniversário.
45 Referência à proibição, sob regime soviético, de comemorações tradicionais associadas à religião, que terminavam em "ni": nascimento (*rodíni*), batismo (*krestíni*) e dia do santo (*imeníni*).

levando as putas! Ah, Deus do céu! Senhor, dê só uma olhada: tem um ali com uma vagabunda!

Noite escura de primavera. O clarão das nuvens sobre a igreja intensificando a escuridão, estrelas brincando com o brilho branco.

O palacete dos Tsiêtlin, na rua Povarskaia, tomado por anarquistas. Na entrada, uma tabuleta preta com letras brancas. O interior reluz – atrás das cortinas, os belíssimos lustres opacos.

24 DE MARÇO

Agora nós, infelizes, já falamos do Japão auxiliar a Rússia, das tropas de desembarque no Extremo Oriente; e mais, de como o rublo não valerá nada, da farinha que já está chegando a mil rublos o *pud*, que precisamos estocá-la... Falamos e não fazemos nada: compraremos 2 libras de farinha e estamos tranquilos.

Fomos a N. V. Davýdov, na travessa Bolchói Liovchínkski. Uma casinha amarelada (era do escritor Zagóskin) de telhado preto dando para o pátio, atrás de uma cerca de ferro com cálices de ferro preto no portão. Céu azul-turquesa no bordado das árvores. A velha Moscou, logo, logo acabada para sempre.

Na cozinha da casa de P. tinha um soldado de fuça gorda e olhos coloridos, feito gato. Fala que, claro, o socialismo agora é impossível, mas mesmo assim burguês tem que ser trucidado. "Trótski é ótimo, ele desce o cacete neles."

Uma dama séria e seca e uma menina de óculos. Vendem cigarros na rua.

Comprei um livro sobre os bolcheviques editado pela Zádruga. Pavorosa galeria de condenados! O pescoço do Lunatchárski jovem tem 1 metro e meio de comprimento.

Odessa, 1919

12 DE ABRIL (CALENDÁRIO ANTIGO)

Já passaram três semanas desde o dia de nossa ruína.

Eu me arrependo muito de não ter anotado nada, pois quase a cada instante algo poderia ter sido escrito. Mas não tinha força nenhuma para isso. De que vale uma espera agonizante para acontecer o que aconteceu conosco no dia 21 de março?!

Ao meio-dia, Aniuta (nossa empregada) me chama para atender o telefone. "De onde é?", pergunto. "Da redação, parece", ou seja, do *Nossa Palavra*, que nós, ex-colaboradores do *Palavra Russa*, reunidos em Odessa, começamos a editar em 19 de março, com absoluta convicção numa existência mais ou menos pacífica "até a volta a Moscou". Atendo: "Quem está falando?". "Valentin Katáiev. Vim correndo para dar uma notícia chocante: os franceses estão indo embora." "Como assim? Quando? O quê?" "Agorinha mesmo." "O senhor ficou doido?" "Juro que não. É fuga em pânico!" Saí correndo de casa, peguei um coche e não acreditei nos meus olhos: corriam burros de carga abarrotados, soldados franceses e gregos com equipamentos de campanha em charretes com todo tipo de equipamento militar... Já na redação, um telegrama: "O Ministério de Clemenceau caiu, há barricadas e uma revolução em Paris...".

Há doze anos, nesse mesmo dia, eu e Vera[46] chegamos a Odessa durante nosso trajeto até a Palestina. Quantas mudanças incríveis desde então! Um porto morto e vazio, uma cidade morta e emporcalhada... Nossos filhos e netos não terão condições de ter a mínima ideia do que é essa Rússia em que vivíamos numa outra época (ou seja, ontem), e que não valorizamos, não compreendemos – toda essa potência, complexidade, riqueza e felicidade...

Nessa manhã, antes de acordar, sonhei com alguém que estava morrendo e, por fim, morreu. Com muita frequência, tenho sonhado com a morte – morre um amigo, alguém próximo, um parente, principalmente; só de pensar no meu irmão Iúli já é horrível: como será que está vivendo, se estiver vivo? A última notícia dele foi em 6 de dezembro do ano passado. E uma carta *de 10 de agosto* para a Vera, de Moscou, *chegou só hoje*. Fora isso, o correio russo já acabou faz tempo, já no verão de 1917: desde que, pela primeira vez, seguimos os europeus e apareceu um "ministro dos Correios e Telégrafos". Desde então também apareceu, pela primeira vez, um "ministro do Trabalho" e aí toda a Rússia parou de trabalhar. Sim, e o Satanás da raiva de Caim, a sede de sangue e a mais selvagem arbitrariedade varreram a Rússia, especialmente naqueles dias de proclamação da igualdade, liberdade e fraternidade. Então, de repente, veio o embotamento, a demência aguda. Todos gritavam uns com os outros ao menor contratempo: "Eu vou te prender, seu filho da puta!". Por pouco um soldado não me matou na praça Arbat, no final de março de 1917, porque permiti a mim mesmo uma certa "liberdade de expressão" quando

46 Esposa do escritor. Ver, no índice, Múrometseva-Búnina, Vera.

mandei para o diabo o jornal *Social-Democrata*, que o jornaleiro estava empurrando para cima de mim. O canalha do soldado entendeu direitinho que podia fazer comigo tudo o que bem quisesse, sem punição alguma – o aglomeramento que nos rodeava e o jornaleiro ficaram imediatamente do lado dele. "Camarada, como é que o senhor rejeita assim um jornal popular, que está do lado do interesse das massas trabalhadoras? Quer dizer que o senhor é um contrarrevolucionário?"

Como são iguais todas essas revoluções! Na época da Revolução Francesa, também foi criada uma montanha inteira de novas divisões administrativas, de imediato jorraram fluxos inteiros de decretos, circulares, um sem--número de uniões, comissários – por que, necessariamente, "comissários"? –, os partidos se multiplicaram feito praga, todo mundo "enchia o bucho devorando uns aos outros", formou-se uma língua completamente específica, "em que se constituiria puramente numa balbúrdia de grandiloquentíssimas exclamações com os xingamentos mais chulos, devidamente endereçados aos restos das sombras imundas *dessa tirania agonizante...*". Tudo isso se repete, antes de mais nada, porque um dos traços característicos da revolução é a sede alucinada de jogo, de histrionice, de pose e de teatro de feira. É o primata despertando no homem.

Ah, esses sonhos com a morte! Que lugar enorme a morte ocupa em nossa *tão absolutamente minúscula* existência! Já não há o que dizer sobre esses anos: dia e noite, vivemos numa orgia de morte. E tudo em nome de um "futuro brilhante" que, parece, deveria nascer justamente dessas trevas diabólicas. E já se criou na terra toda uma legião de especialistas, reguladores da construção do bem--estar humano. "E em que ano é que ele, esse futuro, vai começar?", pergunta o sineiro de Ibsen. Ficam sempre dizendo já, já: "Essa vai ser a última batalha, decisiva!". É aquele eterno chove não molha.

À noite choveu sem parar. Dia cinza, fresco. A árvore, que ficava cada vez mais verde no nosso quintal, empalideceu. Até essa primavera está meio maldita! O pior é que não existe de modo algum o *espírito da primavera*. E primavera para que *agora*?

Só boatos e mais boatos. A vida é uma espera incessante (como durante todo o último inverno, aqui em Odessa, e todo o inverno anterior, em Moscou, quando todos esperavam os alemães na expectativa de serem salvos por eles). E essa espera por algo que já, já está chegando e que vai decidir tudo é ininterrupta e invariavelmente inútil e, claro, não vai passar assim, não, sem aleijar nossa alma, mesmo se sobrevivermos. E, diante disso tudo, o que seria se não houvesse a espera, ou seja, a esperança?

"Meu Deus, em quais anos dissestes que me concebessem!"[47]

13 DE ABRIL

Ontem, Volóchin, o poeta, ficou bastante conosco. Levou a pior com os bolcheviques ao oferecer seus serviços ("para a decoração da cidade para o Primeiro de Maio"). Eu avisei: não vá atrás deles, isso não é só baixo, mas burro, afinal eles sabem muito bem quem você foi ontem. Em resposta, veio uma bobagem: "A arte está fora do tempo, fora da política. Vou participar da decoração

---

47 Paráfrase bíblica, com base no Livro de Jó 3:3 e nos Salmos 38:5.

apenas como poeta e artista". De qual decoração? Da forca, e ainda por cima, da sua própria? Mesmo assim, lá foi ele. No dia seguinte, no *Izvestia*: "Volóchin veio nos amolar, todo tipo de miserável agora vem correndo para se juntar a nós...". Agora Volóchin quer escrever "uma carta à redação", cheia de nobres indignações. Mais burro ainda.

Boatos e mais boatos. Petersburgo foi tomada pelos finlandeses, Koltchak tomou Sýzran, Tsarítsyn... Hindenburg está indo ou para Odessa ou para Moscou... Estamos sempre esperando a ajuda de quem quer que seja, do que quer que seja, até de um milagre da natureza! Agora andamos diariamente pelo bulevar Nikoláievski: para ver, que Deus me livre, se o encouraçado francês ainda está lá; avistá-lo no ancoradouro, mesmo nessas condições, parece tornar as coisas mais leves.

15 DE ABRIL

Dez meses atrás, um tal de Chpan me procurou, um homenzinho incomumente maltrapilho e asqueroso, uma espécie de caixeiro-viajante de quinta categoria, que se ofereceu para ser meu empresário, para ir com ele a Nikoláiev, a Khárkov, a Herson, para eu ler minhas obras em público "todas as noites, por mil *dúmski*"[48]. Hoje eu me encontrei com ele na rua: agora ele é um dos camaradas desse doido escroto do Schiêpkin, o catedrático, comissário das questões teatrais; agora ele faz a barba e, pelo visto, não passa fome – de jeito nenhum passa

---

48 Notas de crédito emitidas pelo governo interino em 1917, nas quais havia a representação da Duma, o parlamento russo.

fome –, e anda com um sobretudo inglês maravilhoso, grosso, macio com uma fivela larga nas costas.

Em frente à nossa janela tem um vagabundo com um rifle pendurado no ombro por uma corda – é um "guarda vermelho". E a rua inteira treme de medo dele, aliás, todos tremem como nunca tremeram antes, mesmo se estivessem diante de mil guardas dos mais raivosos. Pelo amor de Deus, o que foi que aconteceu? Uns seiscentos desses "gregoristas"[49], uns fedelhos de pernas tortas chefiando um bando de presidiários e criminosos vêm e pegam uma das cidades mais ricas, de 1 milhão de habitantes! Todos morreram de medo e meteram o rabo entre as pernas. Cadê, por exemplo, todos aqueles voluntários que tanto bradavam no mês passado?

16 DE ABRIL

Ontem demos uma volta ao entardecer. A opressão na alma é indescritível. A turba que agora enche as ruas é fisicamente insuportável, eu estou cansado dessa turba animal até o esgotamento. Ah, se desse para descansar, para me esconder em algum lugar como, por exemplo, na Austrália! Mas há tempos que todas as ruas, todas as estradas estão impedidas. Agora, até passar no Bolchói Fontan[50] é um sonho inimaginável: e sem autorização é proibido, senão podem até matar, como se você fosse um cachorro.

---

49 Partidários de Grigóriev, que protagonizava um motim contra os bolcheviques.
50 Arredores de Odessa, populares pelas casas de veraneio. À época, tal qual a cidade, recebiam influxo de intelectuais russos que escapavam das regiões controladas pelos bolcheviques.

Encontramos com L. I. Halberstadt (ex-colaborador do *Diário Oficial Russo* e do *Pensamento Russo*). Esse também "mudou de cor". Ele, que ontem era um branco feroz, que chorava (literalmente) enquanto os franceses batiam em retirada, já se arranjou no jornal *Voz do Exército Vermelho*. Furtivamente nos sussurrou que está "completamente arrasado" com as notícias da Europa: parece que lá se decidiu firmemente que não haverá nenhum tipo de intervenção nos assuntos internos da Rússia... Claro, claro, trata-se de "assuntos internos" quando na casa do lado, em plena luz do dia, ladrões roubam e esfaqueiam!

À noite, Volóchin veio aqui de novo. Que monstruoso! Ele contou que passou o dia inteiro com o chefe da Tcheká[51], Siéverni (Iuzefóvitch), que tem uma "alma pura". Foi isso que ele disse: pura.

O catedrático Evguiêni Schiêpkin, "comissário da Educação Popular", passou o gerenciamento da universidade para "sete representantes da juventude estudantil revolucionária", estes, dizem, são patifes da pior laia, ainda está para nascer gente pior.

No jornal *Voz do Exército Vermelho* noticiaram a "avançada invasão romena na Hungria Soviética". Nós todos estamos infinitamente felizes. Ó aqui pra vocês a não interferência nos assuntos "internos"! Pensando bem, lá nem Rússia é.

---

51 Nome derivado da abreviação, em russo, "tch. k.". Era a polícia política secreta, instituída em 1917. Tinha grande penetração na Rússia revolucionária e soviética, sendo então responsável pela implementação do Terror Vermelho. O órgão passou por diversas reformulações e mudanças de nome durante a URSS, sendo o NKVD, a KGB e a atual FSB suas siglas mais conhecidas.

"Blok ouve a Rússia e a revolução assim como ouve o vento…" Ah, quanto palavrório! Um rio de sangue, um mar de lágrimas e para ele isso não faz diferença nenhuma.

Com frequência me lembro da indignação com que receberam as minhas – como que completamente sombrias – representações do povo russo. Até agora continuam indignados. Mas justo quem? As mesmas pessoas que foram amamentadas e criadas por essa mesma literatura que, há cem anos, difamou nada menos que todas as classes, ou seja, os "padres", os "filisteus", os pequeno-burgueses, os funcionários públicos, os policiais, os proprietários de terra, os camponeses prósperos, numa só palavra, tudo e todos, com exceção de um certo "povo" – "miserável", é claro – e vagabundos.

17 DE ABRIL

"O velho regime, que apodrece por inteiro, está entrando num colapso irreversível… O povo, num ímpeto fervoroso e espontâneo, derrubou – para sempre – o trono putrefeito dos Románov…"

Então, nesse caso, por que desde os primeiros dias de março todos perderam a cabeça de medo diante da reação que pode levar à restauração?

"Honra ao louco que traz ao homem o sonho dourado…"[52]
Como Górki gostava de grunhir isso! E esse sonho inteiro

---

52 Citação indireta do poema "Os loucos" (*Les Fous*, 1833), de Pierre-Jean de Béranger (1780-1857), poeta apoiador da Revolução Francesa.

é quebrar a cabeça do dono da fábrica, revirar seus bolsos e se tornar uma praga ainda pior do que o dono da fábrica era.

"Revoluções não são feitas com mãos leves..."[53] E se indignar por quê, então? Porque a contrarrevolução é feita com mão de ferro?

"Deixa-te consolar pela dor de Jerusalém!"[54]
Fiquei deitado na cama de olhos fechados até o almoço.

Estou lendo um livro sobre Sávina, não sei bem por quê – talvez só porque preciso fazer alguma coisa – precisamente o quê, neste momento, não faz a menor diferença, pois a principal sensação, agora, é de que isto *não é vida*. E depois, repito, é uma espera extenuante: não dá mais para continuar assim, que alguém ou algo nos salve amanhã, depois de amanhã, ou até hoje de madrugada!

Manhã cinzenta, depois do meio-dia, chuva e, à noite, um aguaceiro.
Saí duas vezes para ver as comemorações deles do Primeiro de Maio. Obriguei-me, pois semelhantes espetáculos literalmente me reviram a alma toda. "Eu sinto as pessoas como que fisicamente", anotou uma vez Tolstói sobre si mesmo. E eu também. Não compreenderam isso no Tolstói nem compreendem em mim e por isso se

---

53 Frase de Lênin.
54 Citação do Quarto Livro de Esdras, 10:20, texto apócrifo do Antigo Testamento.

surpreendem com meu arrebatamento, minha "parcialidade". Só que, para a maioria, "povo", "proletariado" são só palavras, mas para mim os olhos, os lábios, os sons das vozes, o discurso na manifestação são, sempre, toda a natureza que os pronuncia.

Quando saí ao meio-dia: garoa, as pessoas reunidas ao redor da praça da Catedral, mas ficando ali sem mais nem menos, olhando todo aquele teatro de feira de um jeito particularmente embotado. Havia, claro, procissão com bandeiras, havia umas "bigas" besuntadas, com flores de papel, fitas e bandeirinhas e, no meio delas, cantavam atores e atrizes em figurinos populares de óperas, reconfortando o "proletariado"; eram *tableaux vivants* que representavam a "força e beleza do mundo trabalhador", a "fraternidade" que abraça os comunistas, os operários "ameaçadores" de aventais de couro e "dóceis *paysans*" – resumindo, havia tudo o que convém encenar por ordem de Moscou, desse verme de Lunatchárski. Onde se acaba, em alguns bolcheviques, a mais abominável zombaria com a gentalha, o mais baixo comércio dessas almas e tripas, e onde se inicia a conhecida parcela de sinceridade, de exaltação nervosa? Por exemplo, como Górki é deformado e exaltado! Certa vez, em um Natal em Capri (com o sotaque exagerado de Níjni Nóvgorod): "Pessoal, esta noite nós vamos é para a *piazza*! Hoje a coisa vai pegar fogo! Vai ter coisas maravilhosas para o público, a praça todinha vai dançar, a molecada vai gritar igual a uns diabinhos, surrupiar rosquinhas bem na cara dos donos das lojas, vão dar estrelas, soprar 1 milhão de flautas... Também vai ter procissões interessantíssimas, vai ter músicos de rua com canções lindíssimas...". E nos seus olhinhos verdes, lágrimas.

Estive na praça Ekaterínskaia ao entardecer. Soturno, úmido, o monumento a Catarina II está envolto da cabeça aos pés por trapos sujos e úmidos, amarrados com galhos e cobertos por estrelas vermelhas de madeira. Defronte ao monumento da Tcheká, no asfalto úmido, fluía como sangue espesso o reflexo das bandeiras vermelhas, pesadas da chuva e especialmente asquerosas.

Quase à noite, a cidade inteira fica no escuro: a nova humilhação, um novo decreto – o uso da eletricidade fica proibido, ainda que ela não falte. Querosene e vela já não se podem encontrar em lugar nenhum e, aqui e ali, avistam-se luzinhas tímidas, encobertas pelas persianas: lamparinas caseiras esfumam. Da parte de quem esse escárnio? Presume-se que, no final das contas, da parte do povo, pois isso é criado para atendê-lo. Lembro-me de um velho operário ao lado do portão do prédio onde era o *Notícias de Odessa*, no primeiro dia do estabelecimento bolchevique. De repente saiu do portão um bando de meninos com pilhas de *Izvestia* que havia acabado de sair, aos gritos: "O burguês de Odessa terá que indenizar o governo em 500 milhões!". O operário começou a bufar, a sorrir de ódio e de satisfação macabra: "É pouco! É pouco!". Claro, os bolcheviques são o verdadeiro "poder proletário-camponês", que "concretiza as secretíssimas aspirações do povo". E já se sabe quais são as "aspirações" desse "povo", que foi exortado agora a dirigir o mundo, o curso de toda a cultura, do direito, da honra, da consciência, da religião, da arte.

"Sem nenhuma anexação ou contribuição da Alemanha!" – "Certo! Isso mesmo!" – "Rússia obrigada a pagar 500 bilhões em indenização!" – "É pouco, é pouco!"[55]

---

[55] Referência ao Tratado de Brest-Litóvski, um acordo de paz assinado entre a Rússia e a Alemanha na Primeira Guerra Mundial.

Os "de esquerda" atribuem todos os "excessos" da revolução ao antigo regime, aos Centúria Negra[56], aos judeus. O povo não tem culpa! Pois o próprio povo, depois, culpará os outros – tanto os vizinhos quanto os judeus – por tudo: "Que foi? Eu? Se ele fez, então por que eu não posso? Foram os judeus que instigaram...".

19 DE ABRIL

Fui, para ao menos me distrair com alguma coisa, procurar comida. Dizem que tudo está fechando, que não vou encontrar nada. E justamente nas lojas que ainda não fecharam, não há quase nada, como se tudo houvesse desaparecido. Sem querer deparei com uma peça de queijo *caciocavallo* numa lojinha na rua Sofiskaia. O preço é exorbitante, 28 rublos a libra.

A. Fiódorov esteve aqui. Muito agradável, queixou-se de sua condição de pobreza. Na verdade, seu último recurso desapareceu – quem é que agora vai alugar a pequena datcha dele? Sim, e nem dá para alugar, já que agora ela é "propriedade do povo". Toda a vida ele trabalhou, deu um jeito de comprar um quinhão de terra que mal vale alguma coisa, de nele construir (endividando-se) uma casinha, e eis que a casinha acaba se tornando "do povo", que com sua família, com toda a sua vida, lá vão viver uns "trabalhadores". É para se matar de raiva!

O dia todo houve rumores persistentes sobre a tomada de Tiráspol pelos romenos, que Mackensen já está em Tchernovítsy, e até sobre a "queda de Petrogrado".

---

[56] Grupo ultranacionalista de extrema direita, político e paramilitar, defendia o tsarismo, a ortodoxia e a xenofobia como políticas. Lideraram e incentivaram os pogroms.

Ah, como todos ardentemente querem isso! E tudo, com certeza, é mentira.

À tarde, fui com o professor Lazúrski à sinagoga. É tudo tão repulsivo e horrível ao redor que dá vontade de ir para a igreja, para esses últimos refúgios ainda não tomados pela torrente de lama e crueldade. Lá, porém, há muita tragédia, e só dá para ficar assistindo por alguns instantes: um ardor de gemidos fervorosos, prantos de todo um século de desgraças, de desconforto, de Oriente, de primitividade, de andanças; e apenas com Ele se pode desabafar, ora numa queixa desesperada, amargo-infantil, que arrebata a alma com seu grito, ora num bramido obscuro, bravio-ameaçador, que se abafa cada vez mais.

Agora todas as casas estão escuras, todas as cidades na escuridão, exceto os covis de ladrões — lá os lustres ardem, balalaicas tocam e nas paredes estão penduradas bandeiras negras com crânios brancos, com os inscritos: "Morte, morte aos burgueses!".

Escrevo sob a luz de uma lamparina fedorenta de cozinha, queimo um resto de querosene. Que dolorido, que humilhante. Caros colegas de Capri, Lunatchárski e Górki, os guardiões da cultura e da arte russa, que chegavam ao ódio sagrado frente a cada advertência dos "*opritchniks*[57] do tsar" num tal de *Vida Nova*, o que vocês fariam comigo agora se me pegassem com esse escrito criminoso à luz de uma lamparina fedida, ou se soubessem como eu vou metê-lo furtivamente nas frestas de uma cesta?

---

57 Guarda pessoal de Ivan, o Terrível, no século XVI. No século XIX, o termo passou a ser usado como apelido depreciativo daqueles que discutiam violentamente contra os revolucionários.

Certo estava o zelador (Moscou, outono de 1917):

— Não, desculpe! Nossa dívida era e ainda é levar o país até a Assembleia Constituinte!

O zelador, que estava sentado junto ao portão, logo após ouvir essas palavras ditas no calor do momento – algumas pessoas haviam passado na frente dele discutindo e disseram isso –, meneou a cabeça, amargamente:

— Até onde realmente levaram nosso país, seus filhos d'uma égua!

— No começo foram os mencheviques com os caminhões, depois os bolcheviques com os carros blindados...

O caminhão: que símbolo terrível ele se tornou para nós! Quantos desses caminhões não há nas nossas memórias mais pesadas e terríveis! Desde seu primeiro dia, a revolução se ligou a esse animal fumegante que ruge e fede, repleto primeiro de mulheres histéricas, de soldados desertores obscenos e, depois, com os piores criminosos, condenados a trabalhos forçados.

Toda a grosseria da cultura contemporânea e seu "entusiasmo social" está encarnada no caminhão.

Especialmente irascível, um homem fala, grita, gagueja, tem a saliva escorrendo pela boca e olhos atravessando oblíquos o *pince-nez*. A gravata alta sai para os lados na gola de papel sujo, o colete é uma mancha só, nos ombros há caspa sobre a jaqueta apertada, o cabelo é ensebado, espesso e desgrenhado... E tentam me convencer de que essa víbora estaria obcecada pelo "amor ardente e abnegado em prol da humanidade", pela "sede de beleza, bondade e justiça"!

E quem seria a plateia dele?

Um desertor que passou o dia inteiro à toa, com sementes de girassol na mão, o dia inteiro ruminando mecanicamente essas sementes. Capote solto sobre os ombros, quepe na nuca. Redondo, de pernas curtas. Calmo e insolente, rumina e de tempos em tempos pergunta: não fala, só pergunta, e não acredita em nenhuma resposta, presumindo que é tudo falcatrua. É fisicamente dolorida a repulsa por ele, por suas coxas gordas em calças camufladas e grossas de inverno, por seus cílios de bezerro, pelo leite das sementes de girassol ruminadas nos lábios jovens, de animal primevo.

A história da Rússia, de Tatíschev:

"Irmão contra irmão, filhos contra pais, escravos contra senhores, um busca matar o outro pela cobiça, pela luxúria e pelo poder, um procura privar o outro de seus haveres, sem compreender o que o sábio proclama: *procurando o alheio, haverá de chorar pelo que possui...*"

E quantos imbecis não estão acreditando que na história russa ocorreu um grande "progresso" rumo a algo que seria absolutamente novo, sem precedentes!

Toda essa desgraça (horrorosa) aconteceu porque ninguém tinha a menor noção do que a "história russa" é de verdade.

20 DE ABRIL

Corri para os jornais – nada de especial. "Na direção de Róvenski houve uma tentativa do inimigo..." Mas, no final das contas, quem é esse inimigo?

O tom dos jornais é sempre o mesmo: um jargão grandiloquente-vulgar, sempre as mesmas ameaças encarniçadas, feitas com alarde, e sempre raso, tão explicitamente mentiroso que você não acredita em uma única palavra e vive em total isolamento do mundo, como se estivesse numa ilha dos diabos.

Aniuta diz que já há dois dias não distribuem nem aquele horroroso pedaço de pão de farinha de ervilha[58], que fez todos no nosso pátio gemerem de dor de barriga. E para quem não distribuíram? Para o próprio proletariado, que tanto se deleitava anteontem. E, nas paredes, apelos: "Cidadãos! Todos fazendo esporte!". Completamente absurdo — mas é a pura verdade. Fazer esporte? Como o esporte foi parar nesses crânios hediondos?

Volóchin esteve aqui. Querem ajudá-lo a fugir para a Crimeia com o apoio do "comissário da Marinha e comandante da frota do mar Negro", Niêmits, que, por falar nisso, é poeta, "escreve rondós e triolés especialmente bem". Estão inventando uma certa "missão" secreta a Sebastopol. A única desgraça é que não há como enviá-la: toda a frota de Niêmits se reduz a um único barco a vela, que não pode navegar em qualquer clima.

Um frenesi de boatos: Petrogrado foi tomada pelo general Gurko, Koltchak está quase em Moscou, os alemães logo, logo estão chegando a Odessa...

Que avidez atroz todos temos de vencê-los! Não existe um só castigo do mais terrível na Bíblia que não desejemos a eles. Até se o próprio diabo baixasse e caminhasse com o sangue deles até o pescoço, metade de Odessa estaria em prantos de alegria.

É tanta mentira que dá falta de ar. Todos os amigos, todos os conhecidos, sobre quem eu não ousaria antes

---

58 Em substituição à farinha de trigo, então em falta.

nem pensar que fossem mentirosos, mentem agora a cada passo. Nem uma única pessoa deixa de mentir, ninguém deixa de acrescentar também sua própria mentira, sua própria deformação de boatos já notoriamente mentirosos. E *tudo isso vem de uma sede insuportável de que tudo ocorra como insuportavelmente se deseja.*

O homem está delirando, como se estivesse com febre, e, ouvindo esse desvario, ele ainda assim passa o dia todo acreditando e se contaminando com isso. Se fosse de outro modo, parece, não duraria nem uma semana. E, todos os dias, esse autoentorpecimento alcança uma força particular à noite — tamanha força que você vai se deitar como se entorpecido por éter, quase com certeza absoluta de que algo deverá acontecer de madrugada, então você faz o sinal da cruz com tal fanatismo, com tal força, reza com tanta intensidade, até doer o corpo inteiro, que parece que Deus, um milagre ou as forças celestiais não podem deixar de ajudar. Adormece, extenuado de tanta tensão com que roga pelo fim deles, e de madrugada, na escuridão, na incerteza, você envia toda a sua alma a seus familiares e próximos, envia seu medo por eles, seu amor por eles, sua agonia, que Deus os tenha e guarde, e, de repente, acorda num sobressalto no meio da noite com o coração golpeando loucamente: em algum lugar um ratatatá, às vezes ali do lado, feito granizo nos telhados, e pronto, alguma coisa aconteceu, talvez alguém tenha atacado a cidade e pronto, é o fim, o colapso desta vida maldita! Mas de manhã, de novo a lucidez, a ressaca pesada, eu corro para os jornais — não, não aconteceu nada, é o mesmo grito descarado e duro de sempre, as novas "vitórias" de sempre. O sol brilha, as pessoas andam, formam filas perto das lojas... e de novo o embotamento, a desesperança, de novo um dia inteiro está pela frente, mas não, não é um dia, são dias, vazios, longos, absolutamente inúteis! Por que viver, para quê? Por que fazer qualquer coisa? Nesse mundo, no mundo deles, no mundo do bruto absoluto e da besta, não há nada que me sirva…

"Nós temos um psiquismo único, sobre o qual vão escrever durante cem anos." E isso me consola? O que será de mim então quando nem nossas cinzas estarão mais por aqui? "Essas anotações terão valor inestimável." E que diferença faz? Vamos continuar vivendo, e daqui a cem anos haverá a mesma besta humana de sempre. Só que agora eu já sei o seu valor!

Madrugada. Escrevo um pouco embriagado. À noite, com ar conspirador, A. V. Vaskóvski veio, fechou a porta com cautela e contou coisas a meia-voz, insistiu tanto que tudo o que disseram durante o dia é a mais pura verdade que Piotr[59] se preocupou até suas orelhas corarem e depois desceu as escadas, pegou duas garrafas de vinho. Estou tão fraco de nervoso que fiquei bêbado com duas taças. Sei de toda a asneira desses rumores e ainda assim acredito neles, escrevo com mãos frias e trêmulas…

"Ah! Vingança, vingança!" – como escreveu Bátiuchkov depois do incêndio de Moscou em 1812.

Do Cáucaso, Sávina escreveu a seu marido no verão de 1915: "Será que Deus vai permitir que nossos soldadinhos, que nossos *bogatyres*[60] miraculosos tenham de suportar essa vergonha, a nossa derrota?".

---

59 Ver, no índice, Nilus.
60 Heróis das narrativas épicas eslavas que, com seus poderes sobrenaturais, protegiam a Rússia.

Mas o que foi aquilo? A burrice ou a barbárie que aconteceu não foi só porque desconhecíamos o povo, mas também porque não queríamos conhecê-lo? Ambos. Sim, teve também o interesse costumeiro pela mentira, que era recompensado de uma forma ou de outra. "Eu acredito no povo russo!" E aplausos.

Uma conhecida parte da sociedade era especialmente mentirosa. Perverteram tanto a profissão de serem "amigos do povo, da juventude e de tudo que é iluminado" que, para si próprios, pareciam ser absolutamente sinceros. Eu, por pouco, não fui viver com eles desde minha adolescência, estava como que inteiramente de acordo com eles[61] — mas eu sempre, a todo instante, indignava-me, sentia neles certa dissimulação e, por isso, acabava tomando bronca:

— Então é esse camponês que é mentiroso? Essa pessoa pura, que deu toda a sua vida ao povo?!

A verdade é que aquilo que se denomina "honesto" é um velhinho bondoso, de óculos, barba branca e longa, chapéu macio... Mas pelo visto essa dissimulação é peculiar, é quase inconsciente para o próprio homem, é a vida comum com sentimentos inventados, que já há muito tempo, depreende-se, tornaram-se sua segunda natureza, que não deixa de ser inventada.

Que quantidade enorme desses loroteiros guardo em minha memória!

Um assunto incomum para um romance — e um terrível romance.

---

61 Na juventude, Búnin mudou-se para o sul da Rússia (atual Ucrânia) para participar do movimento de aproximação dos intelectuais com o povo, o *naródnithchesvo*, um precursor do pensamento revolucionário. Seus membros eram chamados de *naródniks*.

Como nós mentimos uns aos outros dizendo que nossos *"bogatyres* miraculosos" eram os melhores patriotas do mundo, os mais corajosos em combate, os mais delicados com os inimigos vencidos!

— Quer dizer que não houve nada disso?

Não, houve. Mas como assim? É que o povo tem dois tipos de gente. Num predomina a Rus, em outro, Tchud e Méria.[62] Mas tanto em um como no outro há uma terrível alteração de humor, de aparência, a "volubilidade" de que se falava antigamente. O próprio povo diz sobre si: *"A gente é igual à madeira: dela sai o porrete e o ícone"* dependendo das circunstâncias, de quem vai trabalhá-la: Sérgui Rádonejski, ou Emelka Pugatchóv. Se eu não amasse, se eu não visse esse "ícone", essa Rus, então por que é que eu enlouqueceria todos esses anos, por que eu sofreria de forma tão incessante, tão cruel? Pois há quem diga que eu só odeio. E quem será? Aqueles que, na verdade, não davam a mínima para o povo — a não ser que ele fosse pretexto para manifestação de seus lindos sentimentos —, eles não só não o conheciam, não só não desejavam conhecê-lo, como nem o notavam, como não notavam o rosto dos cocheiros que os levavam para uma certa Sociedade Econômica Livre[63]. Uma vez, Skabitchiévski admitiu para mim: "Eu nunca vi na vida como cresce o centeio". Ou seja, pode até ser que tenha visto, mas não prestou atenção.

E o mujique, como alguém em separado, ele viu? Ele só conhecia o "povo", a "humanidade". Até mesmo a conhecida "ajuda aos famintos" se originou de forma meio literária, somente da ânsia de mais uma vez pisar

---

62 O autor faz uma referência à Rússia antiga (Rus), cristianizada, e a alguns dos povos originários, pagãos.
63 Instituição progressista da *intelligentsia* russa.

no governo, de mais uma vez agir à socapa. É horrível dizer, mas é verdade: se não fosse pela pobreza do povo, milhares de intelectuais seriam as pessoas mais infelizes. Como então eles se reuniriam e protestariam, sobre o que gritariam e escreveriam? Sem isso, a vida não seria a vida para eles.

O mesmo acontece também em época de guerra. Em essência, sempre houve a indiferença mais rigorosa com o povo. Os "pobres soldados" eram objeto de entretenimento. E como os mimavam nos hospitais, como lhes agradavam com doces, bolinhos e até com balé! Também os próprios soldados participavam da comédia, fazendo-se de extremamente gratos, dóceis, como quem sofresse resignado: "É, irmãzinha, é tudo a vontade de Deus!" — e se juntavam ao coro as freiras enfermeiras, os senhores com seus confeitos e os repórteres, fingindo que estavam adorando as danças de Helzer (uma vez, depois de assistirmos a uma dança, um soldadinho respondeu assim quando perguntei "o que é isso, para você?": "É o belzebu... Não é que ela pula feito o belzebu...?").

As pessoas na época da guerra foram extremamente indiferentes com o povo, mentiam criminosamente sobre sua ascensão política, quando nem mesmo um bebê podia ignorar o quanto o povo não aguentava mais guerra. De onde veio essa indiferença? Entre outras coisas, do nosso péssimo descuido inato, da nossa frivolidade, da nossa falta de costume e de vontade de sermos sérios nos momentos mais sérios. É só pensar na forma tão despreocupada, quase festiva e displicente, com que toda a Rússia acompanhou o começo da revolução, o maior acontecimento de toda a sua história, que ocorreu na época da maior guerra do mundo!

Sim, nós todos vivíamos (inclusive os mujiques) livres, livres até demais, com despreocupação interiorana, como se vivêssemos na propriedade mais rica, mesmo aqueles que sofriam privações, de *lápti*[64] esfarrapados, ficavam deitados, depois de despi-los, na mais absoluta serenidade, já que suas necessidades eram tão selvagemente limitadas.

"A gente estuda um pouco disso, daquilo e seja como for."[65] E nós também só fizemos aquilo que era indispensável, às vezes de um jeito passional e talentoso, mas ainda assim deixamos ao deus-dará — Petersburgo sozinha colocará ordem nas coisas. Desdenhávamos turnos longos de trabalho, éramos mimados, pessimamente mimados. E foi daqui, além de outras coisas, que veio nosso idealismo, que, na essência, é muito senhorial, foi daqui que veio nossa eterna oposição, a crítica a tudo e a todos: afinal, criticar é bem mais fácil do que trabalhar. E vejam só:

— Ah! Esse poder do tsar Nicolau é sufocante, não posso ser funcionário público e ficar sentado do lado de Akáki Akákievitch — me tirem daqui![66]

Foi daqui que vieram os Herzen, os Tchátski. E até mesmo o Nikolka Siéri, da minha *A aldeia* — ele fica sentado num banco numa isbá escura e fria, esperando aparecer um trabalho "de verdade" — sentado, esperando e se angustiando. Que antiga essa doença russa, a queixa, o tédio, o incômodo, que acredita que uma rã com um

---

64 Tipo de alpargata palha entremeada, calçado típico de camponês.
65 Versos do primeiro capítulo do romance em versos de Púchkin, *Evguiêni Oniêguin* (1832). Versos citados da tradução de Alípio Neto e Elena Vássina (Ateliê Editorial, 2019).
66 Akáki Akákievitch, personagem principal do clássico conto "O capote", de Gógol; "me tirem daqui", referência ao personagem Tchátski, da peça *O pesar da razão*, de Griboiédov.

anel mágico vai chegar e fazer tudo por você: é só você sair à porta e passar o anelzinho de uma mão a outra!⁶⁷

Isso é um tipo de doença nervosa, de maneira alguma é uma das famosas "inquirições" que surgem de nossas "profundezas".

"Eu não fiz nada porque sempre quis fazer algo além do comum."

Essa é a confissão de Herzen.

Vêm à lembrança também outras linhas fantásticas dele:

"Conosco a humanidade está ficando sóbria, somos a ressaca dessa embriaguez... Nós canonizamos a humanidade... canonizaram a revolução... Com nossa frustração, nossos sofrimentos, poupamos as próximas gerações do sofrimento..."

Não, a sobriedade ainda está longe.

Fecho os olhos e vejo tudo como se fosse vivo: as fitinhas atrás do quepe de marinheiro, as calças com enormes bocas de sino, sapatos de baile Weiss nos pés, mordida lacrada e maxilares brincando... Vai passar um século e vou me lembrar disso, revirando-me na cova!

21 DE ABRIL

"Ultimato de Rakóvski e Tchitchiérin à Romênia — em 48 horas deverão limpar Bukovina e a Bessarábia!" Algo tão incrivelmente estúpido (mesmo que todo esse escárnio seja para uma gentalha) vem à cabeça: "Será que não estão fazendo tudo por ordem de alguém, talvez de um

---

67 Alusão ao conto popular "A tsarevna rã" (*Tsarevna-liáguchka*).

alemão, com o objetivo de, quando menos se espera, humilhar os comunistas, os revolucionários e, no geral, toda a revolução?". Depois, "de vitória em vitória – os novos êxitos do valente Exército Vermelho. Fuzilaram 26 centuriões negros em Odessa...".

No jornal *Izvestia* – ah, que ortografia execrável eles usam![68] – após a manchete sobre o ultimato, foi publicada a lista dos nomes das 26 pessoas fuziladas ontem, depois um artigo sobre como "se arranja" um "trabalho" na Tcheká, que "há muito trabalho" e, finalmente, uma declaração de orgulho: "Ontem conseguimos carvão: que o trem vá para Kiev". Que dia feliz! E isso depois do ultimato!

Então, e se os romenos não obedecerem a Rakóvski, o que vai acontecer? Como são repetitivas essas palhaçadas! Fora isso, pode ser que alguém esteja encenando algo grosseiro, que um dará uma bronca à toa no outro? Em quem?

É, o "burguês" quase acreditou que libertaram Petrogrado. Pois diziam que fulano, com os próprios olhos, tinha visto o telegrama sobre a tomada de Petrogrado (depois que os ingleses teriam levado pão para lá)...

Há pouco li sobre o fuzilamento de 26 pessoas de um jeito meio embotado.

Agora, estou meio pasmado. É, foram 26, e não numa outra época, mas ontem, aqui, perto de nós. *Como esquecer, como desculpar o povo russo por isso?* Mas tudo será desculpado, tudo será esquecido. Além disso, *só tento me horrorizar*, porque na verdade não consigo, não tenho

---

68 Referência ao russo escrito de acordo com a reforma ortográfica de 1917, que simplificava o alfabeto. Até o fim da vida, Búnin não abriu mão da ortografia da Rússia imperial.

real sensibilidade que baste. E nisto está todo o segredo infernal dos bolcheviques: matar a sensibilidade. As pessoas vivem pelos limites das medidas, mas com a sensibilidade e percepção atrofiadas, como passar dos limites? É como o preço do pão, da carne. "Mas como? Três rublos de prata a libra?!" Aí chega a mil e não há mais indignação, grito, mas, sim, indiferença, obtusidade. "Como assim? Sete enforcados?" "Não, querido, não sete, setecentos!" E aí você fica pasmado na hora: sete enforcados ainda dá para imaginar, mas tente imaginar setecentos ou setenta que seja!

Às três horas – choveu o tempo todo – saímos. Encontramos com Polevítskaia e o marido. "Procuro loucamente um papel numa peça de mistério – queria tanto atuar como a Virgem!" Ah, meu Deus, meu Deus! Tudo isso e ela na mais íntima relação com o bolchevismo. Na literatura e no teatro, ele já está presente há muito tempo...

Comprei fósforos por 5 rublos a caixinha, enquanto no mês passado custava meio rublo.

Quando você sai, caminha como se estivesse no começo de uma doença grave.

Agora (oito da noite, mas no horário soviético já são dez e meia) fecho as persianas depois de dar uma volta: a fatia de lua, dourada por completo, brilha cristalina pelo verde fresco das árvores sob a janela; a oeste, um céu límpido, suave e ainda claro.

Saí às sete. Chovia a cada instante, parecia uma chuva de outono. Passeei pela rua Khersónskaia, depois virei na praça da Catedral. Ainda estava claro, mas tudo já estava fechado, todas as lojas – um vazio pesado, ansioso no espírito. Enquanto caminhava rumo à praça, a chuva parou e andei até a catedral sob o verde jovem das castanheiras floridas, no asfalto brilhante e úmido. Lembrei-me da fúnebre tarde de Primeiro de Maio. Casavam-se na catedral, um coro feminino cantava. Eu entrei e, como sempre nesses últimos tempos, essa beleza sacra, essa ilha do mundo "velho" nesse mar de lama, de vilania e baixaria do "novo" me tocaram de modo incomum. Que entardecer pela janela! No altar, no fundo, as janelas já azulavam um tom lilás, o meu preferido. Os doces rostos de meninas no coro, os véus que cobriam suas cabeças, as cruzinhas douradas nas testas, as notas nas mãos e os pequeninos lumes dourados das velinhas de cera — tudo tão encantador que chorei muito enquanto ouvia e olhava. Fui para casa com um sentimento de leveza, de juventude. E, junto disso, quanta angústia, quanta dor!

Quando voltei, no nosso pátio e no apartamento de um guarda, dançavam e tocavam piano. Encontrei Marússia — a meia-luz, arrumada, olhos brilhantes, parecia muito bonita — e, num instante, *com o coração* me lembrei de um encanto longínquo, irrecuperável, que eu vivi ainda na tenra juventude, numa noite de abril como essa, num pomar no campo.

No verão passado, Marússia ficou conosco na datcha, como cozinheira, e o mês inteiro escondeu na cozinha e alimentou com meu pão um bolchevique, seu amante, e eu sabia disso, sabia... Pois essa é a minha sede de sangue e a questão está justamente aí: nós não podemos ser como eles. E, como não podemos, é o nosso fim!

Escrevo à luz de um abajur: um pote com óleo e pavio. Escuridão, fuligem, estou estragando minha vista.

Em resumo, já passou da hora de todos nós nos enforcarmos, de tão embrutecidos, espancados, privados de todos os direitos e leis; vivemos numa escravidão vil, entre incessantes humilhações e bofetadas!

> Ao autodomínio se fia
> O cavalo de lida
> Ele mal desconfia
> Que dureza é a vida!

Que Deus o tenha, garoto querido! (Esses versos brincalhões foram escritos por um jovem poeta[69], um estudante que no último inverno entrou para a polícia — por ideologia — e foi assassinado pelos bolcheviques.) É, agora somos cavalos de lida.

22 DE ABRIL

Eu me lembrei de um dia horrível, com chuva, neve e lama — ano passado, Moscou, final de março. Na praça Kudrinskaia se arrastava um pobre cortejo fúnebre até que, num rompante insano, uma besta de motocicleta aterriza na rua Nikítskaia, de quepe de couro e casaco de couro, espirrando lama e ameaçando com um enorme revólver as pessoas que carregavam o caixão:

— Fora! Fora da rua!

De um salto, elas correm para o lado, tropeçando, chacoalhando o caixão o mais rápido que podem. E, na esquina, uma velha se confrange, chora de um jeito tão amargo que eu, involuntariamente, paro para consolá-la,

---

[69] Ver Fioliêtov, Anatóli Vassílievitch.

acalmá-la. Murmuro: "Calma, calma... Deus está contigo!" e pergunto:

— É seu parente, o falecido, não é?

A velha tenta respirar, limpar as lágrimas, e finalmente articula:

— Não... não o conheço... *mas deu uma inveja dele...*

Mais lembranças. Moscou, final de março do ano retrasado. O príncipe Trubetskói grita, gordo, enorme, punhos pequeninos cerrados de forma teatral.

— *Lembguem*-se, *senhogues*! A bota *pgussa* vai pisar sem dó nesses delicados *bgotos* da *libegdade* russa! Todos pela sua *pgoteção*!

Centenas de milhares de bocas repetiram suas palavras. Sem mais palavras – já encontraram alguém para defender a "liberdade russa".

No inverno de 1918, essas mesmas centenas de milhares tinham esperança de que os alemães traram a salvação (já não a liberdade russa). Moscou inteira sonhava com a chegada deles.

Segunda-feira, os jornais não circulam, e eu descanso da minha insanidade (que dura desde o começo da guerra) ao lê-los. Por que cometo essa atrocidade contra mim mesmo, por que destroço meu coração a cada leitura?

Todos esses partidários do Pechekhónov estão cegamente convictos de que só cabe a eles sugerir uma solução para o destino russo. Mas quando foi isso mesmo? Quando eles deveriam ter ido parar no quinto dos infernos pela vergonha de tudo o que mostraram ao mundo inteiro, com aquela maravilha de um longo reinado de seis meses em 1917.

O jargão bolchevique é absolutamente insuportável. E qual foi, no geral, a língua da nossa esquerda? "Com cinismo, chegando ao gracioso... Atualmente moreno, amanhã loiro... A leitura nos corações... Fazer um interrogatório com afeição... Ou, ou: uma terceira opção não é dada... Chegar a conclusões concluídas... A quem, presentemente, é conhecido ser devido... Ser cozido no seu próprio suco... A destreza das mãos... Os Heróis da nova era..." E esse emprego, com uma certa ironia, supostamente maliciosa (sem ficar claro contra o quê e contra quem), do estilo elevado? E não é que até Korolenko (especialmente em cartas) tem isso a cada passo? Não é cavalo, é Rocinante; em vez de "eu me sentei para escrever", é "eu selei meu Pégaso"; policiais têm "fardas de cor celestial". Em 1917, por falar nele, que artigo chocante ele publicou no *Boletim Russo* em defesa de Rakóvski!

Um terrível ar místico nas noites. Ainda não escureceu, e os relógios mostram uma coisa absurda: é madrugada. Não iluminam as ruas. Mas todas as repartições "governamentais", as Tchekás, os teatros e clubes nomeados "em homenagem a Trótski", "em homenagem a Sverdlóv", "em homenagem a Lênin" brilham translúcidos, como se fossem medusas, estrelas róseas de vidro. E pelas ruas estranhamente vazias, parcamente iluminadas, nos carros e carruagens vê-se – com frequência acompanhados de meretrizes, arrumadas – correndo para esses clubes e teatros (para ver seus atores-serviçais) toda a aristocracia vermelha: marinheiros com enormes pistolas brownings nos cintos, batedores de carteira, malfeitores criminosos e uns engomadinhos de barba feita vestindo *frentch*[70]

---

[70] Paletó de quatro bolsos na frente, parte do uniforme militar do Exército imperial durante a Primeira Guerra Mundial, adotado pelo alto escalão soviético.

e calças à *gallifet* para lá de rotas, botas vistosas nunca sem esporas, todos com dentes de ouro e olhos escuros, grandes, cheios de cocaína... Só que durante o dia também é horrível. Esta enorme cidade não vive, fica em casa, sai pouco. A cidade sente-se como que invadida por um povo especial, que muitas vezes parece pior do que nossos antepassados pechenegues[71], acho. E esses invasores cambaleiam, vendem mercadorias em tabuleiros, cospem sementes de girassol, esbravejam palavrões. Pela rua Deribássovskaia, de um lado há um enorme aglomeramento se movendo, por distração acompanhando o caixão de um ladrão qualquer, que só pode ter "caído na luta" (num caixão vermelho, com uma orquestra na frente e centenas de bandeiras vermelhas e pretas), de outro lado escurecem montes de gente que tocam acordeão, dançam e gritam:

Ei, maçãzinha
Para onde vai?[72]

No geral, assim que uma cidade se torna "vermelha", o povo que enche as ruas imediatamente se modifica. Toma lugar um outro conjunto de rostos, a rua se transfigura.

Como essa multidão me abalou em Moscou! Foi principalmente por isso que fui embora de lá.

Agora o mesmo acontece em Odessa – desde aquele dia festivo, quando entrou na cidade o "exército popular revolucionário" e quando fitinhas e lacinhos vermelhos ardiam como brasa até nos cavalos dos coches.

---

71 Povo nômade de origem turca que habitava a região sul da Rússia nos séculos IX e X.
72 Alusão aos marinheiros revolucionários e à celebração da Revolução. Versos da canção *A maçãzinha* (*Iáblochko*), que geralmente era acompanhada por sanfona e coreografia, tão popular que entrou para o cancioneiro nacional.

Nesses rostos, mais que tudo, não há a simplicidade, o comum. Todos eles causam uma repulsa pura e aguçada, espantam pelo embotamento maligno, pelo chamado sinistro-rasteiro a tudo e a todos.

E já é o terceiro ano que está acontecendo essa monstruosidade. O terceiro ano só de baixaria, de lama, de selvageria. Quem dera se ao menos houvesse um riso, um passatempo, algo não necessariamente bom, mas simplesmente comum, simplesmente outra coisa!

"Não se pode meter o pau no povo, assim, no atacado!"
Mas, nos "brancos", claro que pode.
O povo, a revolução, isso sempre se desculpa. "Tudo isso são apenas excessos!"
Mas os brancos, de quem tudo foi tomado, ultrajado, violentado, assassinado – a pátria, os berços e os túmulos natais, as mães, os pais, as irmãs –, os "excessos", claro, estes não devem existir.

"A revolução é uma força da natureza."
Terremoto, peste, cólera também são forças da natureza. Entretanto, ninguém os glorifica, ninguém os canoniza, contra eles se luta. Mas, quanto à revolução, estão sempre "aprofundando".
"O povo, que nos deu Púchkin, Tolstói."
E os brancos não são povo.
"Saltitchíkha, partidários da servidão, fósseis ambulantes..." Que baixaria centenária – trapacear com essa Saltitchíkha, a mais ordinária das loucas. E os dezembristas, a ilustre Universidade de Moscou dos anos 1830 e 1840, os que lutaram e colonizaram o Cáucaso, todos esses ocidentalistas e eslavófilos, atuantes da "época das

grandes reformas", "o nobre arrependido", os primeiros membros do Vontade Popular[73], a Duma Governamental? E os editores de jornais respeitados? E todas as cores da literatura russa? E seus heróis? *Nenhum país no mundo criou uma nobreza como essa.*

"A degradação dos brancos..."

Que ousadia monstruosa falar isso depois dessa "degradação", nunca antes ocorrida no mundo, demonstrada pelo povo "vermelho".

Pensando bem, muito disso vem também por burrice. Tolstói dizia que nove de dez atos humanos imbecis são explicados exclusivamente pela burrice.

— Na minha juventude — ele dizia —, tínhamos um colega, um homem pobre, que certa vez comprou, do nada, com seus últimos recursos, um canarinho mecânico de metal. Nós quebramos a cabeça procurando uma explicação para aquele ato ridículo, até que nos demos conta de que o nosso amigo era apenas burro mesmo.

23 DE ABRIL

Toda manhã, faço um esforço para me vestir com calma, superar a impaciência com os jornais — e, tudo isso, à toa. À toa tentei hoje também. Frio, chuva e, apesar disso, eu saí para esse asco e de novo gastei nele 5 rublos de prata. E Petersburgo? E o ultimato aos romenos? Nada nem de um nem de outro, óbvio que, sobre isso, não há uma só palavra. Em letras garrafais: "Koltchak não verá o Volga!". E depois: criaram o "Governo Temporário Operário-Camponês" da Bessarábia, Nansen pede ao

---

[73] *Narodnaia Vólia*, organização revolucionária subversiva no final do século XIX, empreendeu o assassinato do tsar Alexandre II.

"Conselho dos Quatro" ajuda alimentar à Rússia, onde "todos os meses morrem de fome e doenças centenas de milhares". Abrachka-Sanfoneiro (Reguínin, do *Birjevka*) continua a entreter os soldados vermelhos: "Aí, Koltchak, embasbacado, deu um salto e, de susto, borrou-se todo", "há barricadas em Paris, o velho carrasco Clemenceau está em pânico", o comunista búlgaro Kassánov "declarou guerra à França" — está escrito literalmente assim! —; no porto de Odessa, ontem, chegou um barco de aviso francês e "o bloqueio continua, os franceses param até barcos a vela...". Todo mundo está boquiaberto na cidade, tentando entender o comportamento dos franceses, e todos vão correndo ao bulevar Nikoláievski olhar o torpedeiro francês que se acinzenta ao longe no mar completamente vazio, e tremem: Deus permita que ele não parta! Assim parece que ainda existe ao menos algum tipo de proteção, que, no caso de alguma crueldade muito desmedida contra nós, o torpedeiro pode começar a atirar... porque, se ele partir, aí já é o fim de todos, o terror total, vazio completo do mundo...

A noite toda Volóchin ficou aqui. Elogiou muito o comissário da Marinha, Niêmits — "Ele vê e acredita que o que está acontecendo é a união e construção da Rússia". Leu suas traduções de Verhaeren. De novo, penso: Verhaeren é um grande talento, mas, depois de ler algumas dúzias de seus poemas, você começa a passar mal com essa técnica monótona diabólica, com suas hipérboles selvagens, sua loucura, com essa pressão "bolchevique" na imaginação do leitor.

A literatura russa depravou-se de forma incomum nos últimos decênios. A rua e o povo começaram a desempenhar um papel muito grande nisso. Tudo — e a literatura em particular – sai para a rua, amarra-se a ela e cai sob sua influência. E a rua deprava, enerva pelo único fato de que ela é terrivelmente exagerada em seus elogios, caso se agradem. Agora, na literatura russa só existem "gênios". Uma safra impressionante! Briússov, um gênio, Górki, um gênio, Igor Severiánin, um gênio, Blok, Biély… Como manter a calma assim? Quando, de forma tão fácil e rápida, pode se saltar a gênio? E qualquer um faz de tudo para aparecer, para surpreender, para chamar atenção a si mesmo.

Como o Volóchin. Anteontem, ele disse que a Rússia foi acometida pelo "Anjo da Vingança", que deve ter "induzido no coração da moça o prazer pelo assassinato e, no coração da criança, sonhos sanguinários". Só que, ontem, ele era branco e, hoje, está pronto para louvar os bolcheviques. Nos últimos dias ele tentou me apregoar o seguinte: quanto pior, melhor, pois há nove serafins que vêm à terra e entram em nós, com o intuito de aceitar conosco a crucificação e a queima e que, daí, aparecerão novas faces, iluminadas. E eu o aconselhei a arrumar alguém mais burro para essas conversas.

A. K. Tolstói uma vez escreveu: "Quando me lembro da beleza de nossa história antes dos malditos mongóis, dá vontade de me jogar na terra e rolar de desconsolo". Na literatura russa ainda ontem havia os Púchkins, os Tolstóis, e agora quase só há os "malditos mongóis".

MADRUGADA DE 24 DE ABRIL

A última vez que eu estive em Petersburgo foi em abril de 1917. No mundo de então, já tinha ocorrido algo impensável: o mais grandioso país do mundo estava largado à própria sorte, e não num período qualquer – mas na época da maior guerra mundial. As trincheiras ainda se estendiam por 3 mil verstas a oeste, mas elas já haviam se tornado buracos vazios: o feito estava consumado, e consumado de um jeito tão besta que ainda está para se ver, pois o poder sobre essas 3 mil verstas, sobre essa horda armada transformada em um exército de muitos milhões, já havia sido transferido para as mãos de "comissários", de jornalistas como Sóbol e Iordánski. Mas não foi menos terrível por todo o território da Rússia, onde de repente se interrompeu uma vida enorme, estabelecida ao longo de séculos, e passou a reinar uma existência atônita, uma ociosidade sem razão e uma liberdade artificial de tudo aquilo que nutre uma sociedade humana viva.

Cheguei a Petersburgo, saí do vagão e comecei a andar pela estação: lá, em Petersburgo, estava ainda pior do que em Moscou, como se houvesse mais gente completamente sem saber o que fazer, perambulando por todas as estações. Eu saí ao pórtico para pegar um cocheiro: o cocheiro também não sabia o que fazer — se levava ou não levava — nem sabia qual preço cobrar.

— Para o Hotel Europa – disse eu.

Ele pensou e respondeu a esmo:

— Vinte rublos de prata.

O preço era um completo absurdo para aquela época. Mas concordei, sentei-me e fui – e não reconheci Petersburgo.

Em Moscou, a vida não existia mais, embora ela tivesse caminhado para uma imitação doida, por sua estupidez e febre, de algo parecido com uma nova ordem, uma nova hierarquia, como um desfile de vida dos novos soberanos.

O mesmo acontecia também em Petersburgo, mas já num grau mais acentuado. Reuniões, assembleias, encontros eram feitos continuamente, publicavam-se decretos e convocações com a "linha direta" funcionando freneticamente – e quem é que gritava por aquela linha?! Pela Niévski, a cada instante, passavam carros governamentais com bandeirolas vermelhas, retumbavam caminhões abarrotados, destacamentos com música e bandeiras vermelhas, desmedidamente repentinos, certeiros em interromper o passo... A Niévski estava lotada de uma multidão cinza, soldados com sobretudo nas costas, operários fora do trabalho, empregados domésticos passeando e uma gentalha de todo tipo que vendia, em tabuleiros, cigarros, laços vermelhos e cartões obscenos, guloseimas, em suma, tudo o que você quiser. Enquanto isso, nas calçadas, lixo, cascas de sementes de girassol, no calçamento, estrume congelado, montes e buracos. E, no meio do caminho, o cocheiro de repente me disse o que já então haviam dito muitos mujiques de barba:

— Agora o povo está que nem rebanho sem pastor: eles próprios cagam e destroem tudo.

Perguntei:

— E fazer o quê?

— Fazer o quê? – disse ele. — Agora não tem o que fazer. Agora é sabá. Agora não tem governo.

Olhei ao redor daquela Petersburgo... "Correto, é sabá mesmo." Mas, no fundo do coração, eu ainda tinha alguma esperança e ainda não acreditava inteiramente na ausência total de governo.

Não acreditar, entretanto, era impossível.

Em Petersburgo, senti isso de forma muito viva: em nossa casa imensa e milenar ocorreu uma grande morte, e o prédio estava agora escancarado, aberto de ponta a ponta e cheio de uma gente de fora, a toa, para quem já não tinha mais nada de sagrado nem de proibido em nenhum dos cômodos. E, em meio a essa turba, corriam os herdeiros do morto, perdidos com tantas preocupações e providências a tomar, mas a cuja vontade ninguém dava ouvidos. A turba perambulava de aposento em aposento, de quarto em quarto, sem parar de ruminar sementes de girassol, por enquanto apenas olhando calada. Os herdeiros corriam e falavam sem parar, ajustando-se a ela de todas as maneiras, acreditando que essa turba, soberana no seu "ódio sagrado", rompera para sempre os "grilhões", sempre tentando inculcar em si mesmos e na turba que, no fundo, eles não eram nem um pouco herdeiros, senão encarregados temporários da ordem, como se houvessem sido por ela mesma comissionados a isso.

Eu vi o Campo de Marte[74], onde acabaram de realizar uma comédia de enterros de heróis supostamente caídos pela liberdade, como se fosse um sacrifício tradicional da revolução. Qual a necessidade disso? O que foi isso? Propriamente dito, foi uma humilhação aos mortos, pois eles foram privados de um funeral honrado e cristão, pregados em caixões que, por algum motivo, eram vermelhos, e enterrados bem no centro de uma cidade de vivos! Executaram a comédia com total frivolidade e, depois de ofender os simples restos de defuntos não vistos por ninguém com um solene discurso vermelho, cavaram e pisotearam a magnífica praça de ponta a ponta, deformaram-na com covas, enfiaram trapos negros compridíssimos e estreitos em seus mastros longos e nus, por algum motivo a cercaram com tábuas de

---

74 Memorial marcial, enterravam-se os heróis do período tsarista; durante o período revolucionário, os enterros, incluindo o de civis, eram realizados em covas coletivas. O espaço continua sendo uma homenagem às vítimas em combate.

madeira, montadas às pressas e não menos asquerosas do que os mastros na sua simplicidade primitiva.

Eu vi uma reunião enorme na abertura da exposição de quadros finlandeses. Ainda tínhamos condições de apreciar quadros! Pois é, agora vejo que sim, tínhamos condições para isso. Para ter o maior número de pessoas possível na abertura, tentaram reunir "toda Petersburgo", encabeçada por uns novos ministros, ilustres deputados da Duma, e ficaram simplesmente *implorando* para os finlandeses mandarem a Rússia para o inferno e irem viver como bem quisessem: não consigo determinar de outra maneira o entusiasmo com o qual falavam aos finlandeses sobre a "alvorada de liberdade que reluzia sobre a Finlândia". E da janela do rico palacete onde tudo isso acontecia, que por sinal ficava ao lado do Campo de Marte, eu novamente olhei para aquela vergonha pavorosa de covas em que o transformaram.

E, depois, estive em mais uma cerimônia, ainda em homenagem a essa mesma Finlândia — um banquete oferecido aos finlandeses após a abertura da exposição. E, meu Deus, com que harmonia e riqueza de significados tudo o que eu vi em Petersburgo se conectou àquela monstruosidade homérica em que se transformou o banquete! Nele se reuniram esses mesmos ases — toda a "nata da *intelligentsia*" — ou seja, artistas plásticos célebres, atores, escritores, pessoas públicas, novos ministros e um alto representante estrangeiro, nada menos que o embaixador da França. Mas prevaleceu sobre todos o poeta Maiakóvski. Eu me sentava com Górki e o artista plástico finlandês Gallen. E Maiakóvski já começou vindo até nós sem nenhum convite, pôs a cadeira entre nós e começou a comer de nossos pratos e a beber de nossas taças. E Gallen, de olhos arregalados, olhando-o como provavelmente olharia um cavalo se o visse entrando naquele salão durante o banquete. E Górki às gargalhadas. Eu saí de perto. Maiakóvski percebeu.

— Você me odeia muito, não? – ele me perguntou alegre.

Eu, sem vergonha alguma, respondi que não, pois aquilo seria muita honra para ele. Ele já estava abrindo aquela bocarra de cocho para me perguntar algo mais, mas aí o ministro das Relações Exteriores se levantou para fazer um brinde e Maiakóvski correu para ele, lá para o meio da mesa. E lá ele saltou numa cadeira e começou a gritar de forma tão indecente que o ministro ficou petrificado. Um segundo depois de se recompor, ele novamente promulgou: "Senhores!". Mas Maiakóvski começou a gritar muito mais do que antes. E o ministro, depois de mais uma tentativa igualmente infrutífera, ficou sem saber o que fazer e se sentou. Mas foi só se sentar que o embaixador francês se levantou. É claro que ele tinha certeza absoluta de que, diante dele, o vândalo russo poderia apenas recuar. Em vão! Maiakóvski imediatamente o abafou com um berro ainda mais retumbante. E, como se não bastasse, para surpresa do assombrado embaixador, de repente todo o salão explodiu numa exaltação selvagem e sem sentido: contagiados por Maiakóvski, sem mais nem menos, começaram a gritar para si mesmos, a bater as botas no chão, os punhos na mesa, a gargalhar, bater, uivar, ganir, grunhir e – apagar a luz. Subitamente, o gemido de fato trágico de um outro artista finlandês, parecido com um leão-marinho sem bigodes, cobriu tudo. Já bêbado e pálido como um cadáver, ele, visivelmente abalado até as profundezas da alma com essa extrema porquice e desejando expressar seu protesto contra ela, começou a gritar, com toda a sua força e literalmente com lágrimas nos olhos, uma das poucas palavras que lhe eram conhecidas em russo:

— Muito! Muitoo! Muitooo! Muitoooo!

E, naquela época, houve mais uma cerimônia em Petersburgo — a chegada de Lênin. "Seja bem-vindo!" — Górki lhe disse em seu jornal. E se queixou, na qualidade de mais um pretendente à herança. As reivindicações foram bastante sérias e sinceras. No entanto, ele foi recebido na estação de trem com guarda de honra e música e permitiram enfiá-lo num dos melhores prédios de Petersburgo, que, é claro, não pertencia nem um pouquinho a ele.

"Muito"? Será? Porque naquela época havia banquetes para o mundo todo, e os únicos sóbrios nesses banquetes eram os Lênins e os Maiakóvskis.

O Polifemo de um só olho queria devorar Odisseu, quando este deu com ele em suas andanças. Lênin e Maiakóvski (que ainda na escola era chamado profeticamente de Idiota Polifemovitch) eram ambos também suficientemente vorazes e bastante fortes mesmo com seu único olho. Por certo tempo, tanto um quanto o outro foram tomados só como palhaços de rua. Mas, não à toa, Maiakóvski se chamou de futurista, ou seja, a pessoa do futuro: o futuro polifêmico da Rússia pertencia, sem dúvida, a eles, Maiakóvski e Lênin. Maiakóvski sentiu nas tripas que logo haveria o banquete russo daqueles dias e, então, não seria esplendoroso se Lênin tapasse a boca de todas as demais tribunas da sacada da casa de Kchessínskaia? Mais esplendoroso ainda seria se fosse ele mesmo quem fizesse isso, no banquete em homenagem àquela que estava pronta para mandar todos nós ao inferno, a Finlândia!

Então era Páscoa, primavera no mundo — e uma primavera impressionante — até em Petersburgo fazia cada dia lindo que não dava para esquecer. E, em meio a todos os meus sentimentos de então, predominava uma angústia infinita. Antes da minha partida, fui à Catedral de Pedro e Paulo. Tudo estava escancarado – tanto os portões da fortaleza como as portas da catedral. E por todos os lados perambulava uma gente à toa, que de vez em quando ficava olhando e cuspindo semente de girassol. Eu também caminhei pela catedral, olhei os túmulos dos tsares, com uma reverência até o chão pedi perdão a eles e, saindo ao átrio, fiquei petrificado por muito tempo: toda a ilimitada Rússia em primavera se desdobrava diante do meu olhar interior. A primavera, os sinos pascais nos chamando aos sentimentos de alegria e renovação. Mas brilhava no mundo um vasto túmulo. Havia morte naquela primavera, o último beijo...

"A desilusão", disse Herzen, "o mundo não conheceu até a grande Revolução Francesa, quando o ceticismo veio junto com a República de 1792".

Quanto a nós, temos de levar para o túmulo a maior desilusão do mundo.

Reli o que já escrevi. Não, provavelmente a salvação ainda era possível. Então, a corrupção havia tomado principalmente as cidades. Na aldeia ainda havia algum juízo, alguma vergonha. Eu me lembrei dos meus escritos anteriores, descobri, tirei e abri: veja, por exemplo, 5 de maio de 1917:

Estive no moinho. Muitos mujiques, algumas camponesas. Conversa intensa, barulho do moinho ao fundo. Apoiado no batente da porta, um mujique alto ouvia Kólia com atenção, ombros caídos, barba preta encaracolada e um leve rubor que lhe subia aos cabelos. O gorro chegava até a cartilagem branca do nariz. Kólia contava que os soldados não respeitavam ninguém e fugiam do front de batalha. O mujique, de repente, estremeceu e, cravando nele os olhos negros e brilhantes, começou a falar com ódio:

— Pois sim! Moleques filhos da puta! Quem deu permissão para estarem aqui? Quem precisa deles aqui? Eles, esses filhos da puta, têm mais é que ser presos!

Nesse momento, chegou um soldado jovem num cavalo cinza, vestido de cáqui e calças acolchoadas, cantando e assoviando. O mujique correu em sua direção:

— Olhem só para ele! Vejam só, está por aí, andando a cavalo! Quem deu permissão para ele estar aqui? Para que o convocaram, para que o equiparam?

O soldado desceu, ateou o cavalo e, de pernas escarranchadas, fingindo estar despreocupado, entrou no moinho.

— Então, como é? Cansou de combater, é? – o mujique gritou para o soldado. — Você que está usando um gorro do governo e calças do governo recebeu tudo isso pra ficar em casa, foi? – (O soldado, com um sorriso embaraçado, voltou-se para ele.) — Era melhor então nem ter ido pra lá, seu canalha duma figa! Vou pegar, não, vou arrancar essas suas calças e essas suas botas e meter sua cabeça na parede! Está feliz que não tem mais chefe agora, seu vigarista? Pra que é que teu pai e tua mãe te deram de comer quando era bebê?

Os mujiques se juntaram a ele, um grito indignado se ergueu no ar. O soldado, com um sorriso amarelo, tentando ser arrogante, deu de ombros.

24 DE ABRIL

Ontem de madrugada cismei de esconder essas anotações tão bem que, parece, nem o próprio diabo encontraria.

Aliás, o diabo, agora, é um menininho ou um filhotinho de cachorro. Ainda assim, poderiam encontrá-las e então eu estaria perdido. No *Izvestia*, já escreveram sobre mim: "Já passou da hora de prestar atenção nesse acadêmico que tem o rosto igual ao das vésperas de Natal de Gógol[75] e lembrar como ele comemorou a chegada dos franceses a Odessa!"[76].

Dei uma olhada nos jornais. Sempre a mesma farsa. "O governo camponês-operário da Bessarábia publicou ontem um manifesto declarando guerra à Romênia. Mas essa não é a guerra predatória dos imperialistas..." etc.

Um artigo de Trótski "sobre a necessidade de acabar com Koltchak". Claro, essa é a primeira necessidade não só para Trótski, mas também para todos que, para terminar com o "passado maldito", estão dispostos a assassinar pelo menos metade do povo russo.

Em Odessa, o povo esperou muito os bolcheviques – "os nossos estão chegando!". E muita gente comum os esperava: a mudança de governos já encheu o saco, se houvesse pelo menos uma única coisa, aí sim, com certeza a vida ficaria mais barata. Ah, e como todos se lascaram! Ora, não foi nada, se acostumam. Como aquele velho mujique que comprou na feira óculos de grau tão forte que, por causa deles, tinha os olhos marejados de lágrimas.

---

75 O jornal faz referência ao diabo do conto "Noite de Natal" (1832), de Gógol.
76 Poema de Búnin "22 de dezembro de 1918", publicado no jornal *A Folha de Odessa*.

— Makar, você perdeu a cabeça, é? Desse jeito você vai acabar ficando cego, esses óculos não servem para você!
— Quem, senhor? Os óculos, é? Não, que nada! Eles vão acostumar meus olhos...

Volóchin contou que o presidente da Tcheká de Odessa, Siéverni (filho do doutor Iuzefóvitch, de Odessa), disse a ele:

— Não consigo me perdoar por ter libertado Koltchak, uma vez ele já esteve bem nas minhas mãos!

Nunca ouvi nada mais abusivo em toda a minha vida.

Dibiênko... Uma vez, Tchékhov me disse:
— Olha que sobrenome maravilhoso para um marinheiro: Kochkodavliênko.

Dibiênko é idêntico a Kochkodavliênko![77]

Sobre Kollontai (ontem Schépkina-Kupernik contava):
— Eu a conheço muito bem. Houve uma época em que era parecida com um anjo. De manhã, punha o vestido mais simplesinho e corria para os cortiços com os operários – "Trabalhar!", ela dizia. E, voltando para casa, tomava um banho de banheira, vestia uma camisolinha azul-clara e, vupt!, pulava com uma caixa de bombons para minha cama: "Então, amiga, agora, sim, podemos ficar à vontade!".

A medicina forense e a psiquiatria há tempos já conhecem esse tipo (angelical) entre os criminosos natos e prostitutas.

---

77 Jogo de palavras. Pável Dibiênko foi um revolucionário cujo sobrenome deriva de *díba*, instrumento para tortura, daí a acepção de "torturador". O sobrenome Kochkodavliênko também aludiria a tortura, porém de gatos, já que resulta da junção de *kochka*, "gato", com *dávit*, "espremer".

Do *Izvestia* (uma língua russa impecável): "Os camponeses andam dizendo: deem-nos uma comuna, *pelo menos estaremos livres dos* kadets[78]...".

Tem um cartaz enorme junto à porta da DirPolit[79]: uma mulher de cara vermelha, com uma tromba loucamente selvagem, dentes raivosos arreganhados, que numa arrancada enfiava um forcado na bunda do general que fugia. Da bunda irrompia sangue. A legenda:

— O *baratu çai* caro, Deníkin.

"*Çai*" deve ser "sai".

Nem por ordem do próprio São Miguel: nunca vou aceitar a ortografia bolchevique. Nem que seja só porque a mão humana nunca escreveu algo parecido com o que se escreve agora, de acordo com essa ortografia.

Imagine só: eu ainda preciso *ficar explicando* ora para fulano, ora para sicrano, por que eu não vou servir a nenhum Proletkult[80]! Preciso ainda *provar* por que não dá para se sentar junto da Tcheká, onde quase toda hora arrebentam uma cabeça, nem instruir um chucro com mãos molhadas de suor sobre os "últimos êxitos da instrumentação do verso"! Que eu seja fulminado com lepra até a septuagésima sétima geração se ele "*se interessa-se*" minimamente por versos!

78 Acrônimo, em russo, que designa os membros do Partido Constitucional Democrata (*Konstitutsionno-demokratcheskaia Pátia*).
79 Diretoria Política, um dos siglemas que marcariam o estilo linguístico soviético, a muitos então estranho.
80 Acrônimo de *Proletárskaia Kultura*, literalmente, "a cultura proletária" – organizações proletárias cultural-educacionais, cuja iniciativa era promover a arte nos meios operários e camponeses.

Agora, no geral, o mais pavoroso, o mais horrível e vergonhoso não são nem mesmo os próprios terrores e vergonhas, mas sim ter de elucidá-los, discutir se eles são bons ou maus. Isso não é o pavor supremo? Eu ter de *provar*, por exemplo, que é mil vezes melhor morrer de fome do que ensinar para esse chucro o que são iambos e troqueus, para ele poder cantar como ele e seus camaradas roubam, batem, estupram, emporcalham as igrejas, escalpelam tiras de pele das costas dos oficiais e realizam casamento de padres com éguas?

Por sinal, sobre a Tcheká de Odessa: lá, agora, há uma nova maneira de fuzilar – sobre a latrina.

E o "presidente" dessa Tcheká, Siéverni, tem uma "alma pura", de acordo com as palavras de Volóchin. E Volóchin o conheceu – só alguns dias atrás – *"na casa de uma mulher vistosa"*.

Aniuta diz:

— Os vermelhos estão vindo da Rússia.

Eu sei, já vi alguns. Hoje encontrei um de novo – de fuça gorda, perna curta e que, enquanto fala, ergue o canto esquerdo do lábio. Um tipo terrível. Eu descia para o porto, no final da rua do Comércio, e ele estava deitado na cerca com outro soldado, trincando sementes de girassol com uma rapidez símia e olhando para mim de soslaio. Por que eu, infeliz, ando por lá? Olhar para o ancoradouro vazio, olhar para o mar, nutrir a esperança de salvação vinda daquele lado!

Terminei as memórias de Bulgákov. Tolstói lhe disse: "As estudantes que leem Górki e Andrêiev acreditam sinceramente que não conseguem alcançar a profundidade deles... Eu li o prólogo de *Anátema*[81] – um absurdo total... O que existe na cabeça de todos eles, todos esses Briússovs e Biélys?".

Tchékhov também não entendia isso. Em público, dizia "está maravilhoso", mas em casa ria: "Ah, é cada uma! Eles deveriam ser condenados a trabalhos forçados!".
E sobre Andrêiev: "Leio duas páginas e tenho que ficar duas horas espairecendo ao ar livre!".

Tolstói disse: "Agora só se consegue êxito na área de literatura com besteira e descaramento".

Ele se esqueceu da ajuda dos críticos. Quem são eles, esses críticos?

Engenheiros avaliam a construção de uma ponte para passar uma ferrovia; para um conselho de médicos chamam médicos; para uma consulta jurídica, juristas; para uma casa, arquitetos; mas, para qualquer arte, qualquer um serve, quem quiser, pessoas que, com frequência, são contrárias por natureza a qualquer criação. E só elas são ouvidas. E a opinião dos Tolstóis não vale um tostão, opinião por sinal daqueles que, antes de mais nada, são dotados de enorme senso crítico, pois cada palavra escrita em *Guerra e paz* é, ao mesmo tempo, a mais severa ponderação, a nuance mais sutil de cada palavra.

Quando o ânimo se esvai devido à total desesperança, você se pega com os sonhos mais recônditos de que, ainda assim, num certo momento, chegará o dia da vingança e da maldição coletiva, *para toda a humanidade*, pelos dias de hoje. Não é possível viver sem essa esperança. Pois é: no que mais se pode acreditar agora, quando se descobriu tal verdade inenarrável e pavorosa sobre o ser humano?

Tudo será esquecido e até mesmo glorificado! E, antes de tudo, *a literatura vai ajudar* isso a acontecer, porque

---

81 *Anátema* (1909), peça de Andrêiev.

deformará o que lhe convier, como, por exemplo, na Revolução Francesa, fez com a tribo mais perniciosa da Terra, chamada de "poetas". Entre eles, para cada santo verdadeiro há 10 mil falsos devotos, degenerados e charlatões.

Abençoado seja quem visitou esse mundo
  Em seus instantes fatais![82]

Sim, nós refletimos, filosofamos a respeito de tudo, até sobre o inenarrável que está acontecendo agora. Conosco não é um barbante, são "amarras", como aquele sábio do Krylóv[83], que caiu num buraco e, mesmo dali, continuou com sua eloquência. Pois não é que até agora discutimos sobre, por exemplo, Blok? É um mendigo que matou meretrizes, ou é, no fundo, um apóstolo, ou ainda algo indefinido? Beltrano, que quebra um espelho veneziano com um porrete, para nós, é sem dúvida um huno, um cita, e nós nos consolamos por completo, aplicando-lhe esse rótulo.

No geral, *o enfoque literário* com que vemos a vida simplesmente nos envenenou. O que, por exemplo, nós fizemos com aquela vida imensa, variadíssima, que vivia na Rússia nos últimos cem anos? Destruímos, fragmentamos essa vida em décadas – os anos 1820, os anos 1830, os 1840, os 1860 – e a cada década atribuímos um herói *literário*: Tchátski, Oniêguin, Petchórin, Bazárov...[84] Isso

---

82 Expressão popular advinda do poema "Cícero" ("Tsitserón", 1836), de Tiútchev.
83 Na realidade, fábula não de Krylóv, mas de Ivan Khemintser (1745--1784).
84 Protagonistas, respectivamente, de *O pesar da razão*, *Evguiêni Oniêguin*, *Um herói do nosso tempo* (1840), de Liérmontov, e *Pais e filhos* (1862), de Turguêniev.

não é para chorar de rir? Ainda mais se lembrarmos que esses personagens tinham um 18 anos; o outro, 19; e o terceiro, o mais velho, 20 anos de idade!

Os jornais estão chamando para a marcha rumo à Europa. Então me veio à mente: outono de 1914, uma reunião de intelectuais moscovitas na Sociedade de Direito. Górki, verde de preocupação, fez o seguinte discurso:
— Eu estou com medo da vitória russa porque a Rússia selvagem e seus 100 milhões de panças vão partir com tudo para cima da Europa.
Agora essa pança é bolchevique e ele não está mais com medo.
Ao lado disso há também um "aviso" nos jornais. "Devido ao total esgotamento dos combustíveis, logo não haverá eletricidade." Assim, em um mês consertaram tudo: ficamos sem fábricas, sem ferrovias, sem bonde, sem água, sem pão, sem roupas, sem nada!
Pois é – "as vacas magras saíram e comeram as sete vacas gordas e ainda assim continuaram magras".[85]
Agora (onze horas da noite), abri a janela, vi a rua: a lua baixa, atrás das casas, não há uma alma sequer e está tão silencioso que dá para ouvir um cachorro que, em algum lugar da calçada, está roendo um osso – mas *onde é que ele foi arrumar* esse osso? A que ponto chegamos – nos impressionamos com um osso!
Estou relendo *O precipício*. É longo, mas tão inteligente, denso. Ainda assim, faço um esforço para ler – já que esses Marks Vólokhovs[86] são tão nojentos agora. Quantos brutos não vieram desse Mark? "Mas como

---

85 Paráfrase de Gênesis 40:4.
86 Herói de *O precipício* (*Óbryv*, 1869), de Ivan Gontcharóv (1812-1891).

assim? Você entra num pomar de outra pessoa e come as maçãs dela?" "Mas o que significa isso: dele, delas? E por que não comer, se eu estou com vontade?" Mark é uma criação verdadeiramente genial e aqui está o feito estupendo de um artista: um homem típico que arrebata, concentra e personifica de forma tão fabulosa, difundindo-se no ar, *que fortalece em cem vezes sua existência* e influência — *não raro, indo totalmente além de sua função na obra*. Quis ridicularizar as reminiscências da fidalguia, fez um Dom Quixote — e, já não da vida, mas desse Dom Quixote que não existe, começam a nascer centenas de Dons Quixotes vivos. Quis condenar a personalidade de Mark e botou no mundo milhares de Marks *que se frutificaram já não da vida, mas do livro*. No geral, como distinguir o real daquilo que o livro, o teatro, o cinema oferecem? Muitos vivos participaram da minha vida e *me influenciaram, provavelmente, bem menos do que os personagens de Shakespeare e Tolstói*. E, na vida de outros, entra Sherlock; na da faxineira entra aquela pessoa que ela viu no automóvel, na tela do cinema.

25 DE ABRIL

Ontem, tarde da noite, apareceram aqui, com o "comissário" de nosso prédio, para medir o comprimento, a largura e a altura de nossos cômodos "com o propósito de coletivização com o proletariado". Estão tirando medidas de todos os cômodos de toda a cidade, esses macacos malditos, que raiva desses estúpidos desocupados! Eu não deixei escapar nem uma palavra, fiquei deitado no sofá em silêncio, enquanto mediam a casa, mas fiquei tão perturbado por causa dessa nova humilhação que o coração batia com arritmia e a veia da testa pulsava, dolorida.

É, isso não passará assim, sem deixar marcas no coração. E como ele era saudável! E quanta força eu ainda teria, quanto eu ainda não faria!

O "comissário" de nosso prédio tornou-se "comissário" só porque é o mais novo de todos os inquilinos e tem origem muito simplória. Aceitou o cargo por medo; é uma pessoa simples, tímida, e agora só de ouvir as palavras "tribunal revolucionário" já treme, corre pelo prédio inteiro, implorando que os decretos sejam cumpridos – eles sabem infundir medo, terror, esses desgraçados, *eles próprios destacam e anunciam sua selvageria!* E eu sinto uma dor aguda mesmo, perto do meu mamilo esquerdo, só de ouvir palavras como essas, tipo "tribunal revolucionário". Por que comissário, por que "tribunal", e não só "justiça"? *Tudo isso porque só com a proteção dessas palavras sagrado-revolucionárias se pode, com tanta ousadia, andar com sangue até os joelhos* e porque, graças a elas, até mesmo os revolucionários mais razoáveis e honestos, que geralmente ficam indignados por causa de um saque, de um roubo, de um assassinato comum e que entendem perfeitamente que se deve prender, levar à polícia o vagabundo que agarrou um transeunte pela garganta *numa hora usual*, ficam exultantes de alegria diante desse vagabundo se ele faz a mesma coisa *em tempos, assim chamados,* revolucionários, afinal de contas, o vagabundo sempre terá plenos direitos de dizer que ele age "movido pelo ódio que vem de baixo, pelas vítimas da injustiça social".

Enquanto eu terminava de escrever as palavras anteriores, bateram na porta principal. Em questão de segundos, a batida virou uma pancadaria. Abri a porta – de novo o comissário e um amontoado de camaradas e soldados vermelhos. Com uma grosseria apressada, exigem que eu entregue os colchões que estão sobrando. Eu disse que não há colchões sobrando e eles entraram, olharam e foram embora. E, de novo, a cabeça atordoada, de novo a palpitação, o tremor nas pernas e braços que se desmembram por causa dessa loucura, dessa humilhação.

Música repentina no pátio – uma sanfona itinerante, um judeu de chapéu e uma mulher. Tocam uma polca – *e como tudo isso agora é fora de lugar, como não combina!*

O dia está ensolarado, está quase tão frio como ontem. Nuvens, mas com céu azul, a árvore no pátio já está se preenchendo, verde-escura, viçosa.

No pátio, enquanto tiravam os colchões, as cozinheiras gritaram (sobre nós): "Não faz mal, não faz mal, está bom assim! Deixe eles dormirem em tarimba mesmo!".

Esteve aqui V. Katáiev (jovem escritor). O descaramento dos jovens de hoje é absolutamente incrível. Ele: "Por 100 mil, mato qualquer um. Quero comer bem, quero ter um bom chapéu, botas ótimas…".

Eu saí com Katáiev para dar uma volta e de repente, num instante, senti com todo o meu ser o fascínio da primavera, algo que eu não senti nem um pouquinho no ano passado (pela primeira vez na vida). Senti, além disso, como que um alargamento da vista – carnal e espiritual – e sua força e clareza extraordinárias. A rua Deribássovskaia pareceu menor do que de costume, os prédios que a fecham, distantes, pareceram mais perto do que o habitual. E, depois, a praça Ekaterínskaia, o monumento coberto de trapos, a casa de Levachóv, onde agora fica a Tcheká, e o mar – pequeno, plano – tudo na palma da mão. E com uma certa vivacidade, clareza, com uma certa abdicação na qual já não havia mais nem humilhação nem medo, mas existia algo como uma alegre desesperança, e eu, de súbito, dei-me conta por completo de tudo o que está acontecendo em Odessa e em toda a Rússia.

Quando saí do prédio, ouvi o zelador falar para alguém:

— Ah, esses comunistas, roubam até cama! Cama! Cretinos filhos de uma puta! As pessoas dando *samogon*[87] pra eles, cigarros, e eles trucidando o próprio pai!

É isso mesmo, *mas também, sem dúvida, insanidade*. E tudo o que eu vi pelo caminho confirmou isso de um jeito impressionante. E sobretudo aquilo que me aconteceu na rua Púchkinskaia (parece de propósito): da estação de trem, vindo na minha direção, um carro ensandecido voou em cima de mim, e dentro dele, com um bando de camaradas, um estudante completamente doido com um rifle nas mãos: todo ele era um voo de predador – olhos arregalados cravados adiante, magreza mortífera, traços do rosto finos até serem inverossímeis, cortantes, nos ombros tremulavam as bordas de um capuz vermelho... No geral, não é raro ver estudantes correndo com pressa a algum lugar, desarrumados da cabeça aos pés, com camisa de dormir suja, debaixo de um sobretudo desabotoado, um quepe desbotado nos cabelos desgrenhados, botinas rotas nos pés e, nos ombros, um rifle pendurado com o cano para baixo... Pensando bem, só o diabo sabe quem é mesmo estudante.

E tudo o mais é igualmente insano. Acontece, por exemplo, de um destacamento de soldado sair pelo portão do Hotel Crimeia (em frente à Tcheká), enquanto umas mulheres estão passando pela ponte: aí todo o destacamento de repente para e – às gargalhadas – mija, virando-se para elas. E o cartaz imenso na Tcheká? Uns degraus desenhados, no topo, um trono e, do trono, escorrem filetes de sangue. A legenda:

---

[87] Aguardente caseira, de produção ilegal.

Com o sangue do povo os tronos estão cobertos e
com o sangue de nossos inimigos nós os cobriremos!

Na praça, perto da Duma, até agora fere a vista aquele maldito palanque vermelho de Primeiro de Maio. E, mais adiante, eleva-se algo inconcebível na sua vileza, mistério e complexidade – algo montado com tábuas, pelo visto, para alguma composição futurista, e besuntado de qualquer jeito, como se fosse um prédio inteiro, estreito em cima, com portões de ponta a ponta. E há mais cartazes ao longo da rua Deribássovskaia: dois operários giram uma prensa e, embaixo da prensa, tem um burguês esmagado, e para fora da boca e da bunda dele rolam moedas douradas. E a gente? Antes de tudo, que sujeira! Quantos sobretudos militares velhos, totalmente emporcalhados, quantos pés enrolados com trapos repugnantes e quepes em cabeças piolhentas, encardidos como se tivessem acabado de limpar a rua? E o pavor, só de pensar na quantidade de gente que hoje em dia anda com as roupas esfoladas dos mortos, dos defuntos?!

Já o desleixo é o que há de principal nos soldados vermelhos. Cigarro nos dentes, olhos turvos, ousados, quepe na nuca, uma penca de cabelo caindo na testa. Vestem um tipo de combinação de trapos. Às vezes, uniforme dos anos 1870, outras vezes nem isso nem aquilo, calça vermelha e, além disso tudo, um capote de infantaria e um enorme sabre antigo.

Os guardas ficam sentados em poltronas perto das entradas de prédios expropriados nas poses mais tortas. Às vezes, fica só um vagabundo, uma browning no cinto, de um lado uma adaga e, do outro, um punhal.

Para construir um duto de água, esses "construtores da nova vida" mandaram destruir a famosa passarela de Odessa, aquele canal de madeira de muitas verstas que dava no porto e por onde se transportavam grãos para armazenamento. E eles mesmos se queixam no *Izvestia*: "Qualquer um desmonta a passarela!". Estão cortando, devastando as árvores, para calefação – dos dois lados de muitas ruas já se notam troncos nus. Os soldados vermelhos quebram rifles e lascam coronhas para ter com o que esquentar o samovar.

Ao voltar para casa, reexaminei um livreto que estava por aqui fazia muito tempo: *Biblioteca do povo trabalhador. Canções de ira popular. Odessa, 1917*. Deparei com isto:

> Com o sangue do povo os tronos estão cobertos
> Com o sangue de nossos inimigos nós os cobriremos,
> Vingança implacável a todos os inimigos,
> Morte aos parasitas da massa trabalhadora!

Tem a "Marselhesa dos trabalhadores", "Varchavianka", "Internacional", "Hino do Movimento Vontade do Povo", "A bandeira vermelha"... E tudo é ruim, sanguinolento demais, mentiroso de causar asco, chato e vulgar até ser inacreditável:

> – Mandaremos a maldição a todos os facínoras
> Chamaremos à luta todos os combatentes...

> – Sopra em nós um tufão de hostilidades...
> Mas nós levantaremos, orgulhosos e valentes,
> A bandeira da luta pela causa trabalhadora...

> – Forjaremos do arado a espada
> E começaremos a viver uma nova vida...[88]

---

88 O autor parafraseia hinos aos trabalhadores.

Meu Deus, o que é que foi isso? Que coisa terrível e artificial fizeram com gerações inteiras de meninos e meninas que papaguearam Ivaniúkov e Marx, editados em tipografias clandestinas, recolhendo fundos para a "Cruz Vermelha"[89] disfarçados de literatura, fingindo, sem vergonha, que eles morrem de amor pelos Pakhoms e Sidores[90], incendiando a cada minuto o ódio ao proprietário de terras, ao dono da fábrica, à gente comum, a todos esses "bebedores de sangue, sanguessugas, opressores, déspotas, sátrapas, pequeno-burgueses, obscurantistas, paladinos das sombras e da violência"!

É... É insanidade coletiva. O que o povo tem na cabeça? Há uns dias eu estava andando pela rua Elizavetínskaia. Uns guardas estavam sentados brincando com o ferrolho de seus fuzis, perto da entrada de um prédio expropriado. Um diz ao outro:

— E Petersburgo inteira vai ficar debaixo de um telhado de vidro... Assim não vai ter nem neve nem chuva...

Recentemente, encontrei na rua o professor Schiêpkin, "comissário da Educação Popular". Ele se movimenta devagar, uma imbecilidade parva no olhar adiante. Nas costas, um mantô empoeirado da cabeça aos pés com uma enorme mancha de gordura. O chapéu era idêntico, dava náusea só de olhar. Uma gola de papel sujíssima apoiada na nuca por um verdadeiro vulcão, um furúnculo

---

89 "Cruz Vermelha" era o nome fictício de muitas organizações clandestinas na Rússia no final do século XIX, de fato destinadas a ajudar presos políticos e exilados.
90 Nomes generalizantes para os mujiques.

purulento, *e uma gravata gorda e velha, coberta de tinta a óleo vermelha.*

Contaram que o Feldman fez um discurso para uns "deputados" camponeses:

— Camaradas, logo o poder dos sovietes estará no mundo inteiro!

E, de repente, uma voz da multidão de deputados:

— Não estará, não!

Feldman, com ódio:

— E por que não?

— Porque não tem judeu suficiente para isso!

Que nada, não precisa se preocupar: tem Schiêpkins de sobra.

26 DE ABRIL

Acordei às seis com palpitação.

Ao comprar jornais, ouvi uma mulher rogando praga: na cesta dela, um peixe pequeno – 80 rublos!

Nos jornais de Moscou: o carregamento de lenha em todas as ferrovias caiu em 50%... O *Narkompros*[91] decidiu restaurar monumentos de arte... A Índia foi tomada pelo bolchevismo...

O *Izvestia* iniciou uma seção de correios:

– Para o cidadão Guberman: então a guerra com os pilantras do Koltchak e do Deníkin, no seu entender, é fratricida?

---

91 Acrônimo, em russo, de *Naródnyi Komissariat Prosvischênia*, o Comissariado Popular para Educação, divisão que precedeu o Ministério da Educação.

— Para o cidadão A.: os elogios à Rússia, embora se estendam também à Rússia soviética, não têm nada em comum com a abordagem marxista desse assunto.

— Para a cidadã Glikman: ainda assim, a senhora não compreendeu que esse sistema no qual com dinheiro se pode possuir tudo, mas sem dinheiro se morre de fome, deixou de existir para sempre?

Andamos pelo bulevar Nikoláievski. Nuvens brancas de primavera, um quadro enorme e claro: o ancoradouro vazio, as cores belíssimas das margens distantes, o intenso azul da marola do mar… Encontramos com Óssipovitch e Iuchkiévitch. De novo a mesma coisa: fazem cara de paisagem e, a meia-voz, informam: "Tiráspol foi tomada pelos alemães e romenos, agora isso já é fato. Petersburgo também foi tomada".

Às três aparece Aniuta, com rosto assustado:

— É verdade que os alemães estão chegando a Odessa? O povo todo está falando disso, como se Odessa inteira já estivesse cercada. Foram os próprios alemães que fizeram os bolcheviques e, agora, mandaram acabar com eles, isso se a gente se entregar pra eles por quinze anos. Até que seria bom!

O que foi isso? Provavelmente, um absurdo brutal, mas ainda assim, fiquei preocupado até ter as mãos geladas e trêmulas. Para me acalmar, comecei a ler os manuscritos de Ovsiániko-Kulikóvski, suas recordações de Drakhománov, Ziber e P. Lavróv. Todos pessoas divinas, como Kulikóvski sempre faz. Ele escreve: "O Criador fez suas almas do mais puro ar…". Ah, Senhor! E isso nessa idade!

Depois li Renan. "*L'homme fut des milliers d'années un fou, après avoir été des milliers d'années un animal*".[92]

27 DE ABRIL

Izvestia: "Os contrarrevolucionários ficam sentados fazendo grandes reflexões sobre como confundir os comunistas proletários... suas testas curtas estão cobertas de rugas, as bocas abertas e os dentes desses Senhores Miolos-Moles se amarelam debaixo de lábios flácidos e gordos... Por Deus, ou são comediantes ou são só trapaceiros de meia-tigela ou bandidos...".

No jornal *A Voz do Soldado Vermelho*, destacado:
"O camarada Podvóiski deu ordens para atacar a Romênia... Os bandidos romenos com seu rei sanguinolento esgoelaram a jovem república soviética da Hungria para abafar a revolução, que está se alastrando por toda a Europa."

A resolução de Voznesensk[93]:
"Nós, soldados vermelhos de Voznesensk, lutando pela libertação de todo o mundo, protestamos contra o antissemitismo descarado!"

Em Kiev "estão efetivando a destruição do monumento a Alexandre II". Tarefa já conhecida, pois em março de 1917 já começaram a arrancar as águias, os brasões...

De novo, rumores de que Petersburgo foi conquistada, Budapeste também. Para os boatos já desenvolveram uma técnica clássica: "Um conhecido do meu conhecido me falou...".

---

92 Em francês no original: "O homem foi por milhares de anos um louco, depois de ter sido por milhares de anos um animal".
93 Pequena cidade ucraniana a leste de Odessa.

Grande notícia. Radiétski e Koiránski vieram aqui agitados:

— Grigóriev está vindo para Odessa!
— Que Grigóriev?
— O mesmo que expulsou os aliados de Odessa. Agora ele tem aliança com Makhnó e ataca os bolcheviques. E Zelióni está indo para Kiev. "Mate os judeus e comunistas, pela fé e pela pátria!" Eu mesmo, por assim dizer, sou judeu, mas agora até o diabo pode vir. Ontem S. disse para mim que ele era democrata, que era *contra* qualquer tipo de intervenção, de interferência. Então eu disse para ele: e o que você diria contra a intervenção, caso houvesse um pogrom em toda a Rússia?

28 DE ABRIL

É isso mesmo!

"Para evitar os boatos que circulam pela cidade, o estado-maior do terceiro exército soviético ucraniano declara que o atamã Grigóriev, depois de reunir um monte de partidários, proclamou-se hétmã e declarou guerra ao governo soviético..."

Depois, veio a ordem de Antónov-Ovséenko: "A canalhice do Exército Branco está tentando desordenar a força vermelha e lançá-la contra a população pacífica... Vil traidor da pátria, esse Caim, servo vil dos nossos inimigos, deve ser eliminado como um cachorro com raiva... esmagado e morto, como larvas que maculam a terra...".

Depois, a convocação dos membros do comitê marcial-revolucionário:

"A todos, todos, todos! Filhos do povo trabalhador da Ucrânia socialista! O aventureiro, bêbado, servidor do bando do velho regime, dos padres, proprietários de terra e filhinhos de papai, Grigóriev revelou seu verdadeiro rosto – rodeou-se de um bando de corvos de caras sebosas... Ficam pregando que os comunistas como que querem atrelar o mundo às comunas... por falar nisso, os comunistas não obrigam ninguém a se filiar, apenas explicam, como qualquer um também já sabe, que não é coisa de bolchevique crucificar o Cristo, que nos ensinou o mesmo e, como o futuro Salvador, insurgiu-se contra os ricos... Essa provocação ridícula, construída de um jeito bêbado, claro, não podia se concretizar... Bravo! *Abaixo o aventureiro que teve a ideia de banhar-se no sangue dos trabalhadores famintos...* Nós devemos agarrar os cafetões e traidores e entregá-los nas mãos dos operários e camponeses..." Assinado assim: "Camaradas Diatko, Golúbenko, Schadenko" – isso é como se eu assinasse assim: Sr. Búnin.

Em suma, a manhã foi de muita aflição. Esteve aqui Iuchkiévitch. Está com muito medo de um pogrom. O antissemitismo na cidade está feroz.

Ah, ainda, direto da "vida local": "Ontem, por determinação da corte marcial-revolucionária foram fuzilados dezoito contrarrevolucionários".

É pânico e desespero bestial. "Toda a burguesia está sendo registrada." Como entender isso?

Ao pôr do sol, saí, encontrei com Rosenthal, que diz que alguém jogou uma bomba na praça da Catedral. Passei por lá com ele, passei no professor Lazúrski. Lá da janela, vê-se um poente rosa e primaveril por entre nuvens azul-claras. Depois, já a meia-luz, estive na rua Deribássovskaia. De um lado tinha muita gente, de outro estava vazio, com os gritos maldosos dos soldados: "Companheiros, para o outro lado!". Alguns carros correram ensandecidos, a corneta angustiante da ambulância, dois cavalos a galope e, atrás deles, cachorros latindo... Ninguém mais pode passar.

Fomá, o zelador, anunciou que amanhã haverá o "juízo final verdadeiro": "o dia da insurreição pacífica", o saque de todos os burgueses sem exceção.

30 DE ABRIL

Que manhã horrível! Fui a Chpitálnikov (Tálnikov, o crítico). E ele, vestindo duas calças, duas camisas, diz que "o dia da insurreição pacífica" já começou, que o saque já está acontecendo; ele está com medo de que tirem dele seu segundo par de calças.

Saímos juntos. Pela rua Deribássovskaia passa um destacamento de cavaleiros, no meio deles, um automóvel soltando um ganido que chega à nota mais alta. Encontramos Ovsiániko-Kulikóvski. Ele fala que "os boatos arregaçam a alma e que durante toda a noite houve fuzilamentos e, agora, saques".

Três horas. De novo andamos pela cidade: "o dia da insurreição pacífica" foi cancelado de repente. Parece que os trabalhadores se insurgiram. Começaram a roubá-los também, só que eles já tinham seu próprio monte de coisas roubadas. Atacaram a tiros, com água fervente, pedras.

Tempestade terrível, granizo, chuva torrencial, protegi-me embaixo de um portão. Os caminhões passam em disparada com um bramido, cheio de camaradas com rifles. Pelo portão entram dois soldados. Um, grande e corcunda, de quepe na nuca, abocanha um salsichão, dentes à mostra a cada naco arrancado, acaricia com a mão esquerda logo abaixo da barriga:

— Veja só a minha comuna! E eu na mesma hora falei pra ele: não grite, Vossa Excelência de Jerusalém, minha comuna está bem aqui, pendurada embaixo da minha barriga...

1º DE MAIO

Estamos muito alarmados, e não só em Odessa, mas em Kiev e mesmo em Moscou. A coisa chegou a tal ponto que saiu uma convocação do "Mandatário do Conselho Plenipotenciário Extraordinário de Defesa, L. Kámenev: A todos, todos, todos! Mais um esforço e o poder operário-camponês conquistará o mundo. Nesse momento, o traidor Grigóriev quer meter a faca nas costas do poder operário-camponês...".

O "comissário" do prédio veio conferir quantos anos eu tenho, querem mandar todos os burgueses para "destacamentos de retaguarda".

Chuva fria o dia inteiro. À noite, passei na casa de S. Iuchkiévitch: ele está se arranjando num teatro de "divisão militar" para camaradas, e ele, com medo de entrar sozinho para o conselho do teatro, quer me arrastar para lá. Louco! Voltei embaixo da chuva, pela cidade escura e mórbida. Aqui e ali há meretrizes, garotos do Exército Vermelho, risadas, estalo de amendoins...

2 DE MAIO

Pogrom no bairro Bolchói Fontan, feito por soldados vermelhos de Odessa.

Ovsiániko-Kulikóvski e o escritor Kippen estiveram aqui. Contaram detalhes. No Bolchói Fontan foram assassinados catorze comissários e uns trinta judeus comuns. Muitas lojinhas foram destruídas. Apareceram de madrugada, arrancaram da cama e mataram quem estivesse na frente. As pessoas corriam para a estepe, jogavam-se no mar e eram perseguidas, atiravam nelas — foi uma verdadeira caçada. Kippen se salvou sem querer — ele havia passado a noite, felizmente, não em casa, mas no balneário Beli Tzvetok. Ao nascer do sol, um destacamento de soldados os surpreendeu: "Tem judeu aí?", perguntaram ao guarda. "Não, não tem." "Jura por Deus!" O guarda jurou e os soldados foram embora.

Moissei Gutman, o carreteiro, foi assassinado. No outono passado, ele nos trouxe da datcha para a cidade, um homem muito doce.

Estive perto da Duma. Muito frio, cinza, o mar estava vazio, o porto morto, no ancoradouro o torpedeiro francês, de aspecto muito pequeno, um pobrezinho na sua solidão, no seu despropósito — sabe-se lá por que diabos é que os franceses ficam vagueando por aqui. O que esperam, o que pretendem? Perto do canhão havia um punhado de gente, uns se indignavam com o "dia da insurreição pacífica" e outros doutrinavam na cara dura, com ardor, colocando os demais em seus devidos lugares.

Enquanto caminhava, pensava, ou melhor, sentia: se agora desse para escapar daqui para outro lugar, para a Itália, por exemplo, para a França, acho que qualquer um desses lugares me causaria nojo — o homem dá asco! A vida obriga a sentir de forma tão aguçada, tão pungente, a observar tão atentamente sua alma, seu corpo asqueroso, que, sim, os nossos olhos de outrora viram pouco — e como! — Até mesmo os meus!

Agora é madrugada no pátio, sombra, chuva, não há uma alma sequer. Toda a região de Kherson está em estado de sítio, não ousamos sair depois que começa a escurecer. Estou escrevendo de um subsolo que parece de contos fantásticos: todo o cômodo tremula com a penumbra e o fedor de fuligem de lamparina. E, na mesa, mais uma convocação: "Camaradas, tomem juízo! Nós estamos levando até vocês a luz genuína do socialismo! Abandonem os bandos de bêbados, vençam os parasitas de uma vez! Deixem o estrangulador da massa popular, o antigo funcionário público de tributos, Grigóriev! Ele é alcoólatra e tem uma casa em Elisavetgrad!".

3 DE MAIO

Você luta contra isso, tenta sair dessa tensão, dessa espera ansiosa, alguma saída ao menos há de existir – mas não consegue. O que é especialmente horrível é a sede de que os dias voem o mais rápido possível.

A resolução do regimento Stárostin, assim denominado em homenagem a um tal de Stárostin: "Anunciamos que todos, como se fôssemos um, iremos à batalha contra o novo e não coroado carrasco Grigóriev, que novamente deseja, feito sanguessuga, sugar para encher a cara e desfazer nossas forças!".

Prenderam o comitê de Odessa, o "União Popular-governamental Russa" (dezesseis pessoas, entre as quais havia um catedrático), e ontem de madrugada ele foi inteiro fuzilado, "devido a sua atuação ostensiva e intensa, que ameaça a paz e a tranquilidade da população".

É... como se estivessem preocupados com a tranquilidade da população!

Estivemos na casa dos Varchávski. Retornamos pela

cidade escura; nas ruas, em absoluta penumbra, não é como durante o dia ou como quando há iluminação. Ouve-se com muito mais distinção como os sons dos passos repercutem.

4 DE MAIO

O tempo está melhorando. Sobre o pátio paira o céu azul, com o verde primaveril, festivo das árvores e, branquejando atrás delas, os muros dos prédios manchados com nódoas de suas sombras. Um soldado vermelho entrou no pátio, atou à árvore seu garanhão de rabo ondulado até o chão, com faixas lustrosas no flanco e no dorso, que fez o dia ficar melhor ainda. Evguiêni (Bukoviétski, em cuja casa na rua Kniájeskaia nós moramos) toca piano na sala de jantar. Deus meu, que dolorido!

Estivemos na casa de V. A. Rosenberg. Ele está trabalhando numa cooperativa, mora num quarto e sala com a esposa; tomamos chá aguado com passas secas minúsculas, à luz de uma triste lâmpada... Olhe só para o editor, dono do *Notícias Russas*! Ele falou passionalmente *"sobre o terror da censura tsarista"*.

5 DE MAIO

Sonhei que estava num mar pálido-leitoso, numa madrugada azul-clara, e avistei as luzes rosa-claras de algum navio a vapor, então disse a mim mesmo que eu não podia me esquecer de que as luzes eram rosa-leitosas. Para que tudo isso agora?

Manchete do *A Voz do Soldado Vermelho*:

"Morte a todos que fazem pogroms! Os inimigos do

povo querem inundar a revolução com o sangue judeu, querem que os senhores vivam em mansões pitorescas, enquanto os mujiques podem morar em estábulos, cobertos de feridas, com as vacas, com seus *lombinhos* encurvados para os parasitas vadios..."

No nosso pátio, está se casando um *guarda-civil. Ele foi para a cerimônia de carruagem.* Para a festa trouxeram quarenta garrafas de vinho, isso quando nem há dois meses uma garrafa custava 25 rublos. Quanto não custa, agora, cada garrafa, quando o vinho está proibido e só se pode arranjá-lo no mercado negro?

Um artigo de Podvóiski no *Izvestia* de Kiev: "Se esses *chacais pretos que se amontoaram* na Romênia concretizarem suas intenções, então será decidido o destino da revolução mundial... Bando preto de canalhas... As garras carnívoras do rei romeno e dos proprietários de terra...". Depois uma convocação de Rakóvski na qual, por sinal, tem a seguinte passagem: "Infelizmente, a aldeia ucraniana permaneceu do jeito que Gógol a descreveu — ignorante, antissemita, analfabeta... Tem corrupção entre os comissários, extorsões, bebedeira e, a cada passo, a contravenção de todos os princípios do direito... Os trabalhadores soviéticos ganham e perdem milhares no jogo, a bebedeira sustenta a fabricação de aguardente...".

E eis a nova produção de Górki, seu discurso, pronunciado há alguns dias em Moscou no congresso da Terceira Internacional. Título: "O dia da grande mentira". O conteúdo:

Ontem foi o dia da grande mentira. O último dia de seu poder.

Desde tempos imemoriais, como aranhas, as pessoas teceram cuidadosamente a densa teia da desvelada vida pequeno-burguesa, que é cada vez mais nutrida pela mentira e pela avareza. A mentira cínica era considerada verdade irrefutável: o homem deve se alimentar da carne e do sangue do próximo. E eis que, indo por esse caminho, ontem nós chegamos ao ponto da loucura de uma guerra em toda a Europa, cujo resplendor calamitoso iluminou de imediato toda a nudez deformada da antiga mentira.

A força com que a paciência do povo explodiu acabou por expelir essa vida, que está destruída e já não é possível ser restabelecida de acordo com as formas antigas.

O dia de hoje está claro demais e por isso as sombras são tão densas!

Hoje começou o grande trabalho de libertar as pessoas da férrea e forte teia do passado, um trabalho terrível e difícil como as dores de parto...

Acabou acontecendo de tal forma que, antes dos demais povos, os russos vão para uma batalha decisiva. Ainda ontem o mundo todo os considerava selvagens, mas, hoje, eles estão rumo à vitória ou à morte, honrada e ardentemente, como velhos e bons guerreiros.

Isso que ocorre agora na Rus deve ser compreendido como uma tentativa gigantesca de transformar a vida, as grandes ideias e as palavras ditas pelos mestres da humanidade, os sábios da Europa.

E se os honrados revolucionários russos, cercados de inimigos e atormentados pela fome, forem vencidos, então as consequências dessa infelicidade terrível estarão amarradas nos ombros de todos os revolucionários da Europa e de toda a sua classe trabalhadora.

Mas o coração honesto não titubeia, o pensamento honesto é estranho à tentação dos consentimentos, a mão honesta não se cansa de trabalhar – o trabalhador russo acredita que seu irmão na Europa não deixará faltar ar à Rússia, não permitirá ressuscitar tudo o que está agonizando, desaparecendo – e que desaparecerá!

E agora um trecho do jornal *Vida Nova*, de Górki, em 6 de fevereiro do ano passado:

> Diante de nós temos um grupo de aventureiros que, por causa dos próprios interesses, por tentarem prorrogar em algumas semanas mais a agonia de seu poderio moribundo, estão prontos para trair da forma mais vergonhosa os interesses do socialismo, os interesses do proletariado russo, em nome do qual eles horrorizam no trono vago dos Románov!
>
> Vivemos só disso, de colher em segredo e repassar uns aos outros essas notícias. Para nós a toca principal dessa contrarrevolução fica na rua Kherson, perto de T. Schépkina-Kupernik. Levam para lá os informes recebidos pelo BUP (o departamento de imprensa ucraniana). Ontem no BUP havia um telegrama como que codificado: Petersburgo havia sido tomada por ingleses. Grigóriev, cercando Odessa, anunciou um manifesto universal no qual reconhece os sovietes, mas de modo que "aqueles que crucificaram o Cristo não passem de 4%". A correspondência com Kiev parece que está inteira interrompida, já que os mujiques, aos milhares, estão seguindo o mote de Grigóriev e estão destruindo dezenas de verstas de ferrovias.
>
> Custa-me crer nessa "nobreza de ideal". Provavelmente, na posteridade isso será analisado como "a luta do povo contra os bolcheviques" e estará situado no mesmo nível dos voluntários do Exército Branco. Terrível. Claro, comunismo e socialismo, para os mujiques, são como selas em gado: elas o levam à loucura.

E, mesmo assim, a coisa é mais sobre a "vadiagem espertalhona", tão querida na Rus desde tempos imemoriais;

ou sobre a busca de uma vida livre e bandoleira que, agora, novamente arrebatou centenas de milhares de pessoas dispersas, pessoas que já se desacostumaram de um lar, do trabalho, enfim, pessoas que se perverteram. Há dez anos, eu coloquei uma epígrafe em meus contos sobre o povo, sobre o espírito popular de acordo com as palavras de I. Aksákov: "Ainda não acabou a antiga Rus!". Fiz bem. Kliutchévski nota uma extraordinária "repetição" na história russa. Para grande infelicidade, ninguém deu ouvidos a essa "repetição". "O movimento libertador" foi criado com imprudência prodigiosa, com indefectível e obrigatório otimismo, e obteve diferentes conotações: uma, para os "combatentes", para a literatura popular realista; outra, uma certa aura mística, para as demais pessoas. E todos "puseram ramos de louro em cabeças piolhentas"[94], segundo expressão de Dostoiévski. E Herzen estava mil vezes certo: "Nós nos descompusemos profundamente do que existe... Nós temos caprichos, não queremos saber da realidade, nós estamos constantemente incomodados com nossos sonhos... Nós toleramos o castigo das pessoas que não têm noção do atual retrato do país... Nossa desgraça está na separação entre a vida teórica e a prática...".

Além disso, para muitas pessoas não era (e ainda não é) vantajoso *abandonar o apego* ao que existe. Tanto os "jovens" como as "cabeças piolhentas" são necessários como bucha de canhão. Aduleram os jovens, já que são impetuosos, adularam os camponeses, já que são tacanhos e "hesitantes". Será que tantas pessoas não sabiam que a revolução é só um jogo de sangue pela troca de lugares, que sempre termina somente com o povo – mesmo depois de conseguir se sentar por algum tempo no lugar senhorial,

---

94 Citações de *Os demônios* (1872), de Dostoiévski.

nele banquetear-se e enfurecer-se – no final das contas, sempre acaba com o povo levando a pior? Uma tabuleta humilhante foi preparada de forma totalmente consciente pelos caudilhos mais inteligentes e espertos: "Liberdade, igualdade, fraternidade, socialismo, comunismo!". E tal cartaz vigorará por muito tempo – até estarem firmemente acomodados no pescoço do povo. Claro, milhares de meninos e meninas gritaram com bastante ingenuidade:

> Pelo povo, povo, povo
> Pelo santo mote, adiante!

Claro, a maioria deduziu com voz grave, bastante sem sentido:

> E o penhasco gigante
> Tudo contava ao valente
> E *Stepan pensante*[95]...

"Mas o que foi que aconteceu?", pergunta Dostoiévski. "A mais inocente, doce conversa mole liberal... O que nos cativou não foi o socialismo, mas o lado sentimental do socialismo..." Mas havia também um subsolo e, nesse subsolo, a pessoa sabia muitíssimo bem e exatamente para onde ele estava dirigindo seus passos e também orientando alguns traços, muito confortáveis para ele, do caráter do povo russo. Também sabiam o valor de Stepan.

"Em meio às trevas espirituais, ao desequilíbrio do jovem povo, à insatisfação geral, flutuações, as revoltas surgiram com facilidade excepcional, com as oscilações e hesitações... Elas apareceram em grande escala. O espírito

---

[95] Trecho de uma canção popular russa em louvor ao líder cossaco Stiénka Rázin.

da materialidade, da liberdade pouco raciocinada, da cobiça brutal soprou a destruição na Rus... Ataram as mãos dos bons, desataram as dos maus para fazerem qualquer maldade... Uma turba de párias, da escória da sociedade estendeu-se sobre a própria casa esvaziada com a bandeira de caudilhos de diversas tribos, de impostores, de pseudo-tsares, atamãs de degenerados, criminosos e ambiciosos..."

Isso é de Solovióv, sobre o Período de Revoltas[96]. E, agora, o de Kostomárov, sobre Stiénka Rázin:

"Enganado, agitado e sem compreender com clareza muito do que acontecia, o povo foi atrás de Stiénka... Houve promessas, *subornos e, com eles, como sempre, armadilhas*... E se revoltaram todos os asiáticos, todos os pagãos, os komis, os mordovianos, os tchuvaches, os tcheremis, os bachquires[97] digladiaram-se eles próprios sem saber por quê... Circularam 'cartas encantadoras' de Stiénka: 'Vou contra os boiardos, os mandatários e qualquer poder, construirei a igualdade...'. Foi dada carta branca a qualquer saque... Stiénka, seus sequazes e seu exército estavam bêbados de vinho e sangue... odiavam as leis, a sociedade, a religião, tudo o que era desconfortável aos desejos pessoais... respiravam vingança e inveja... formados por ladrões fugidos, vagabundos... Stiénka prometeu para essa velhacaria e gentalha inteira e total liberdade em tudo, enquanto, na realidade, os fez de servos, levou-os à total escravidão, castigava com morte cruel a menor insubordinação, tratava todos como irmãos enquanto todos se curvassem diante dele..."

---

96 Período de 1598 a 1613, em que ocorreu a transição da dinastia dos Riúrikov para os Románov, caracterizado por conflitos com a Polônia, disputa entre os boiardos e crise econômica.
97 Povos de diferentes origens, distintas dos russos, mas que compõem repúblicas autônomas na Rússia.

Não se acredita que os Lênins não soubessem e não tivessem tudo isso em mente!

No *A Estrela do Exército Vermelho*: "O maior dos vigaristas e chupins da burguesia, Wilson, está exigindo um ataque no norte da Rússia. Nossa resposta: fora com essas patas daqui! Como um só, todos nós vamos provar ao mundo admirado... Só lacaios de alma *ficarão de fora de nossa âncora de salvação...*".

Rumores alegres – Nikoláiev foi tomada, Grigóriev está perto...

8 DE MAIO

No *Comunista de Odessa*, um poema inteiro sobre Grigóriev:

    Noite. Cansado, o Senhor hétmã dorme,
    E, dormindo, tem um sonho "abominável":
    Na sua frente, armado
    Eis que vê o proletariado.
    Que susto! Que horror...
    Seus olhos reluzem
    Quando o proletário diz,
    Insuflando pavor no "Senhor":
    — Enquanto pensa em se vestir melhor,
    Seu traiçoeiro e vil, pois
    Fique então sabendo,
    Que eu o impedirei de vestir
    A almejada coroa de ouro
    Do Senhor hétmã!

Fui ao barbeiro e, para fugir da chuva, fiquei embaixo de um toldo na rua Ekaterínskaia. Perto de mim, comia um nabo um desses homens que "seguram firmemente com mãos calejadas a bandeira vermelha da revolução comunista mundial", um mujique da região de Odessa, e ele se queixava de que os grãos estavam bons, mas que semearam pouco, por medo dos bolcheviques: essa cambada vem e leva tudo embora! Esse "essa cambada vem e leva tudo embora!", ele repetiu umas vinte vezes. No final da rua Elizavetínskaia tinha uns cem soldados em formação, com armas e metralhadora. Eu virei na Khersónskaia – lá, na esquina com a Preobrajénskaia, a mesma coisa... Há um boato na cidade: "Deram um golpe!". Dá náusea esse palavrório sem fim!

Andamos pela cidade após o almoço. Odessa já encheu o saco de forma indizível, a angústia me devora vivo. E não há meios de escapar daqui, nem para onde! No horizonte, nuvens fúnebres, azul-claras. Da janela de um belo prédio perto da Tcheká, na frente do monumento a Catarina, saía uma música horrível, som de dança, ressoou o grito desesperado de alguém que dançava como se fosse esfaqueado: aaaah! O grito de um bárbaro bêbado. E todas as casas ao redor estão iluminadas, todas estão ocupadas.

Noite. É proibido acender a luz, é proibido sair de casa! Ah! Que noites terríveis essas!

Do *Comunista de Odessa*:

"A Guarnição da cidade de Otchákov, considerando que a contrarrevolução não está dormindo, ergueu sua cabeça até o total descaramento no que diz respeito ao comunicado do presunçoso bêbado Grigóriev, e está envenenando o coração do camponês e do operário, lançando um contra o outro, *em particular*: o bebum Grigóriev encabeçou o lema 'surre os judeus, salve a Ucrânia', que é terrivelmente danoso ao Exército Vermelho e promove a destruição da Revolução Social. E, por tudo isso, *nós resolvemos amaldiçoar o bebum Grigóriev e seus amigos nacionalistas!*"

E mais adiante: "Após discutir a questão do aprisionamento de soldados brancos, exigimos o fuzilamento imediato destes, pois eles continuarão a urdir seus assuntinhos obscuros e a *derramar à toa o sangue*, o qual tanto já se derramou, graças aos capitalistas e *aos enrabados deles*!"

E junto a isso, os versos:

O comunista trabalhador
Sabe onde estão suas forças:
Na energia do trabalho, do amor
Das mangas arregaçadas...
Ele desconhece nações
E açoita os vira-latas.
Alegre, cede às organizações
Suas merecidas folgas!

6 DE MAIO[98]

Ioan[99], o mujique Ivan, de Tambóv, eremita e santo que viveu há tão pouco tempo – no século passado – orando para o ícone de São Dmítri de Rostóv, célebre e grande epíscopo, dizia-lhe:

— Mítiuchka[100], meu querido...!

---

98 Cronologia conforme original. Provável lapso de Búnin.
99 O personagem aqui descrito é tema do pequeno conto de Búnin "O bem-aventurado" (1924).
100 Forma carinhosa de Dmítri.

Ioan, massivo e alto, era um pouco corcunda, tinha rosto moreno com barba rala, cabelos escassos, longos e negros. Criava versos simples e ternos:

> Por onde estiver, faça uma oração
> Sem ela as portas não se abrirão,
> Caso as chaves não enxergar
> Retorne, caro amigo, sem hesitar...

Onde isso tudo foi parar? O que sobrou disso, nessa situação?

"O mais sagrado dos títulos", o título de "homem", está desonrado como nunca. O homem russo também está desonrado. Que vergonha passaríamos se não fossem as "campanhas de gelo"[101]? Como é horrível a antiga crônica da história russa: subversão incessante, ambição insaciável, feroz "vontade" de poder, o beijar ardiloso da cruz, a fuga à Lituânia, à Crimeia, "para erguer os pagãos contra sua própria casa paterna", mensagens de caráter servil uns aos outros ("reverencio-vos até o chão, vosso fiel servidor"), com o único objetivo de enganar, de fazer reproches pérfidos e desavergonhados de um irmão a outro... *mas, ainda assim, com palavras outras, não as de hoje.*

"Para você, vergonha e desonra: você quer abandonar a bênção de seu pai, os túmulos paternos, a pátria paterna, a verdade certa no nosso Senhor Jesus Cristo!"[102]

---

101 Assim ficou conhecida a frente de combate antirrevolucionária organizada pelo general L. Kornílov, em 1918, formada por voluntários.
102 Búnin parafraseia a correspondência entre o tsar Ivan IV e o príncipe Andrei Kúrbski, entre 1564-1579, que ilustra os conflitos políticos na Rússia moscovita.

9 DE MAIO

À noite, tive sonhos perturbadores com trens e mares e paisagens muito bonitas que, no entanto, deixaram-me com uma impressão dolorida e triste, uma apreensão algo nervosa. Depois, apareceu um cavalo enorme e falante. Ele me contou algo parecido com meu poema sobre Sviatogor e Iliá[103], mas numa linguagem antiga, e isso tudo se tornou tão horrível que acabei acordando e fiquei muito tempo repetindo mentalmente estes versos:

>Crinas longas e lanosas, em dois cavalos,
>Grandes estribos, de ouro, avantajados,
>Dois irmãos, o maior e o menor, vão
>Por um, três e bem mais dias
>Vasto campo, ao longe, e veja a tina!
>Mas, se achegados, têm um caixão desmesurado
>Caixão profundo, entalhado em carvalho
>Tampa pesada, preta, trabalhada,
>Que Sviatogor em breve ergue,
>Refestela-se e se cobre, risonho:
>"Não é que é bem do meu tamanho?
>Iliá, agora, me dê uma mão,
>A esse mundo de Deus eu volto!"
>Iliá, com um sorriso, abraça a tampa
>Busto inflado, atormentado de aflição
>Tudo em vão… mas espere, não!
>"A espada!", diz-se do caixão,
>Rubra raiva toma a arma,
>Toma o peito, o coração
>Também com ela, tudo em vão!

[103] "Sviatogor i Iliá" (1916), poema de Búnin, inspirado nos *bogatyres* homônimos das bilinas, narrativas épicas russas.

Libertar não logra, mas matar:
A cada golpe, um anel se ata
Sviatogor, sem poder se erguer
Com abraçadeira cruel, férrea
Para sempre deixa-se prender!

Escrevi isso no ano de 1916.
Entramos na nossa tina sepulcral contentes, fazendo brincadeiras.

Nos jornais, de novo: "Morte ao bebum Grigóriev!" e, mais para a frente, bem mais sério: *"Não é hora de palavras!* O assunto já não é mais a ditadura do proletariado nem a construção do socialismo, mas sim as conquistas mais elementares de Outubro... Os camponeses anunciam que irão lutar pela revolução mundial até a última gota, mas, por outro lado, vieram à tona seus atentados contra trens soviéticos e os assassinatos, a machado e forcado, de nossos melhores companheiros...".

Foi divulgada uma nova lista de fuzilados — *"conduta de efetivação do terror vermelho"* — e depois um artiguinho:

"Alegria e júbilo no clube que leva o nome do camarada Trótski. O salão do antigo Clube da Guarnição, em que antigamente *se aninhava uma matilha de generais*, agora está repleto de soldados vermelhos. O último concerto teve êxito particular. No começo executaram a 'Internacional', depois o camarada Kronkardi, *atiçando o interesse e o deleite* dos ouvintes, imitou o latido de um cachorro, *o ganido de um pintinho*, a canção de um rouxinol e de outros animais, *até de um famigerado porco, com os mínimos detalhes...*"

O "ganido" do pintinho e a "canção de um rouxinol e de outros animais" — *todos os quais*, inclusive o porco em "mínimos detalhes", acabamos sabendo, *cantam* — isso, penso eu, nem o próprio diabo criaria. Por que só o porco é "famigerado" e antes de sua apresentação executam para ele a "Internacional"?

Claro, tudo isso é "literatura de banheiro". Mas esse "banheiro", tão suíno e internacional, é feito em quase toda a Rússia, em quase toda a vida russa, com quase toda palavra russa. E será que alguém algum dia escapará dessa latrina? Além do mais, essa literatura de banheiro é o sangue de familiares, como quase toda a "nova" literatura russa. Assim, já há tempos começaram a publicar — e não em um lugar qualquer, mas em revistas "literárias" — coisas, por exemplo, deste tipo:

> Todas as *flores* do jardim *floriram*...
> Aquele *linho*, do qual teceram a corda
> Eu vou e separo os ramos *de trigo*...
> Senhor, não *se aflige* com essa mulher...
> E não é que nessa hora *é boa em todo lugar*?
> *Não se deve deixar em paz* a tsarina...
> Eu até descreveria — e tem lá palavra suficiente?

A decadência, a destruição da palavra, seu significado arcano, som e peso seguem na literatura há tempos.

— Você está indo para casa? — digo uma vez ao escritor Óssipovitch, ao me despedir dele na rua.

Ele responde:

— Não, de nenhum jeito!

Como explicar para ele que não se fala assim em russo? Ele não entende, não sente a diferença:

— Então como é que se fala? Então você acha que é melhor "não, de jeito nenhum"? Mas qual é a diferença?

A diferença ele não entende. Para ele, claro, é perdoável, ele é natural de Odessa.

Perdoável também porque, no final das contas, em sã consciência ele sabe disso e promete se lembrar de que o certo é falar "de jeito nenhum". E que quantidade inacreditável de gente cara de pau e autoconfiante existe agora na literatura, pessoas que se consideram grandes conhecedores da palavra! Quantos admiradores da antiga ("originária e suculenta") língua popular que não conseguem falar uma única e simples palavrinha, cansam-se, esbaldam-se de usar termos arquirrussos?

Também, esta última (depois de todas as "buscas" internacionais, ou seja, de um tipo de *imitação da cultura turca* a partir de modelos ocidentais) está entrando na moda com força. Quantos poetas e prosadores fazem uma língua russa nauseante, tomando valiosas *narrativas populares, contos maravilhosos e relatos de "eloquência dourada"*[104] na caradura, fazendo-os passar por seus, contaminando os relatos alheios com seus próprios acréscimos, cheios de itens de dicionários regionais, e compondo, assim, a mixórdia mais suja de super-russismo, nunca falado por ninguém, nem na Rússia antiga, e que nem ler se consegue! Como circulavam pelos salões literários de Moscou e Petersburgo com diferentes Kliúievs e Essiênins, vestidos de heróis bondosos e até de andarilhos, depois de cantarolar versos de "véinha aqui" e "riachinho ali" e chegando à "moleira briosa acolá"!

A língua está se desfazendo, ela adoece inclusive no povo. Certa vez, pergunto a um mujique o que ele dava de comer a seu cachorro. Ele responde:

---

104 Em russo *Slovesá Zolotie*, coletânea de poemas organizadas por Evguiêni Liátski (1868-1942), em 1912. A expressão era epíteto de um movimento popular de cunho religioso-nacionalista, liderado por etnógrafos e literatos, que explorava a espiritualidade na tradição folclórica oral camponesa-cristã.

— O quê? Ora, nada em especial, ele come o que tiver: é um cachorro comestível.

Isso tudo sempre existiu e, em outra época, o organismo popular superaria tudo isso. Mas será que agora superará?

10 DE MAIO

"*Koltchak perdeu Belebei e está açoitando camponeses até a morte...*

Mikhail Románov está com Koltchak... ele é pela velha troika: a autocracia, a ortodoxia e o espírito nacional... *leva consigo pogroms, vodca...* Koltchak está a serviço de predadores internacionais... para que o país esgotado *se contorça de câimbras sob a mão bem alimentada e perversa de Loyd George...* Koltchak espera *o momento em que conseguirá beber* o sangue dos operários..."

Do lado, xingamento e ameaças aos socialistas revolucionários de esquerda: "Esses escritorezinhos estão se escondendo, mas às vezes se animam a sair dançando... se maquiam mas, mesmo assim, já que eles não se limpam direito, ainda dá para ver as sardas dos cúlaques...".

Além dos camponeses, "entalhados" por Koltchak, estão também terrivelmente preocupados com os alemães: "A abominável comédia de Versalhes está encerrada, mas até os partidários de Scheidemann declaram que as condições dos esfoladores da união, tubarões burgueses, são totalmente inaceitáveis...".

Andamos pela rua do Ginásio. Choveu por quase todo o caminho de forma primaveril, encantadora, com um magnífico céu de primavera em meio a nuvenzinhas. E eu estive perto de desmaiar duas vezes. Tenho que largar estas notas. Escrevendo, deterioro ainda mais meu coração.

E, de novo, boatos — agora já sobre dezenas de comboios com tropas floridas (ou seja, falando em russo, coloridas), estariam vindo nos acudir.

Sobre Podvóiski, de uma pessoa que o conhece de perto: "Um seminarista tacanho, olhinhos suínos, nariz comprido, maníaco por disciplina".

11 DE MAIO

Convocações no mais puro espírito russo:

— Adiante, queridos irmãos, *não contem os cadáveres*!

Das notícias sobre a "derrota" de Grigóriev dá para se convencer de uma única coisa — que o culto a Grigóriev tomou quase toda a região ucraniana.

Ontem estavam dizendo que "o próprio" Trótski veio a Odessa. Aí descobriram que ele está em Kiev. "A vinda do líder deu asas a todos os operários e camponeses da Ucrânia... O maioral fez um longo discurso em nome de milhares de vozes do povo, nos dias *em que a coluna vertebral da certeza burguesa está destroçada*, em que nós ouvimos o tremor em sua voz... falou da sacada..."

Por sinal, tenho lido Lenotre, Saint-Just, Robespierre, Couthon... Lênin, Trótski, Dzerjínski... Quem é mais vil, sanguinário, asqueroso? Claro que, apesar de tudo, são os moscovitas. Mas os parisienses não ficam muito atrás.

Couthon, diz Lenotre, foi Couthon-ditador, o companheiro de luta mais próximo de Robespierre, o Átila de Lion, legislador e sádico, carrasco que enviou para a guilhotina milhares de almas que não tinham culpa de nada, "passional amigo *do Povo e da Virtude*", como se sabe, era aleijado, paralítico. Mas como? Em quais condições ele perdeu as pernas? De forma bastante infame, acabamos sabendo. Ele havia passado a noite na casa de sua amante, cujo marido não estava. Tudo ia muito bem até que, de repente, batidas na porta, Couthon salta da cama, pula da janela para o pátio e acerta uma fossa. Depois de ficar lá sentado até o pôr do sol, ele priva-se para sempre das pernas, que ficaram paralisadas por toda a vida.

Dizem que está havendo um pogrom em Nikoláiev. Pelo visto, nem de longe "a chegada do maioral deu asas" a todos os camponeses da Ucrânia. Entretanto, o tom dos jornais ficou mais denso, mais descarado. Será que foi há muito tempo que escreveram que "não é coisa de bolchevique crucificar Cristo, o qual, como Salvador, se levantou contra os ricos"? A história agora é outra. Eis algumas linhas do *Comunista de Odessa*:

"A saliva de um mágico tão célebre como Jesus Cristo deve ter uma força mágica de igual magnitude. Muitos, apesar de não acreditarem nos milagres de Cristo, continuam melindrados quanto ao sentido moral de seus ensinamentos, provando que 'as verdades' de Cristo não são dignas de comparações, devido aos seus valores morais. Mas, em essência, isso não só é completamente falso como também é explicado somente pelo desconhecimento da história e por incapacidade de entendimento."

12 DE MAIO

De novo, bandeiras e marchas, de novo é feriado – "dia da solidariedade do proletariado com o Exército Vermelho". Muitos soldados, marinheiros e vagabundos bêbados...

À nossa frente levam um defunto (não bolchevique). "Bem-aventurados aqueles escolhidos e recebidos por vós, Senhor..." Ouvi-nos, Senhor. Bem-aventurados os mortos.

Dizem que Trótski, afinal, veio. "Recebido como um tsar."

14 DE MAIO

"Koltchak com Mikhail Románov está levando vodca e pogroms..." E em Nikoláiev não tem Koltchak, nem em Elisavetgrad, e por falar nisso:

"Em Nikoláiev ocorre um pogrom feroz de judeus... Elisavetgrad sofreu muito em função das massas ignorantes. As perdas somam milhões. Magazines, apartamentos, lojinhas e até pequenos cafés foram destruídos até a fundação. Os armazéns soviéticos foram destruídos. Elisavetgrad necessitará de muitos e longos anos para se recuperar!"

E mais para a frente:

"O mandachuva dos soldados que se rebelaram em Odessa e que abandonaram a cidade está devastando Anániev – lá morreram mais de cem, as lojas foram saqueadas..."

"Na cidade de Jmierinka, judeus sofrem pogroms, *tal como foi* o pogrom de Známenka..." Segundo Blok, o nome disso é "o povo está envolto pela música da revolução – ouça, ouça a música da revolução!".

MADRUGADA DE 15 DE MAIO

Revi minha "pasta", destruí uma série de poemas, alguns contos por terminar e agora estou arrependido. Tudo por padecimento, por desesperança (embora não seja a primeira vez que isso aconteça comigo). Escondi diversas anotações dos dias 17 e 18.

Ah, essas ocultações e reocultações furtivas de papel, de dinheiro! Milhões de russos passaram por esse abuso, por essa humilhação, todos esses anos. E quantos tesouros não encontrarão depois? E, no futuro, nossa época só será um conto maravilhoso, uma lenda...

Verão de 1917. Penumbra, na rua perto da isbá há um grupo de mujiques. O assunto gira em torno da "avó da Revolução Russa"[105]. O proprietário da isbá está contando, cadenciado: "Faz tempo que eu ouço falar dessa mulher. Na certa, ela é uma visionária. Há cinquenta anos, dizem, ela já tinha previsto todas essas coisas. Mas, Deus nos livre, como era horrorosa: gorda, brava, com olhinhos pequenos que enxergavam fundo – vi o retrato dela num folhetim. Quarenta e dois anos encarcerada, presa a correntes, e não conseguiram matá-la, não saíam de perto dela, não paravam de vigiá-la nem de dia nem de noite: *ainda assim ela conseguiu juntar 1 milhão, da prisão!* Agora, ela compra o povo que está bem aqui ó, debaixo dela, promete terra, promete não mandar ninguém para a guerra. E que vantagem eu tenho em servir a essa mulher? Não preciso dessa terra, é melhor alugar, porque não tenho nem com o que adubar, além do que, pra soldado eu não sirvo, nem me pegarão pra isso, a idade não deixa...".

---

105 Ver, no índice, Bréchko-Brechkóvskaia.

Alguém, uma camisa branquejando na penumbra, "a beleza e o orgulho da Revolução Russa", como se soube depois, interveio com atrevimento:

— Lá com a gente, em cinco minutos um provocador desses seria preso e fuzilado!

O mujique o contradiz com calma e firmeza:

— E você, por mais que seja um marinheiro, ainda assim é um burro. Eu posso ser teu pai! Ora, você corria pelado em volta da minha isbá. Que comissário é você se, por sua causa, as garotas não têm paz por aqui, já que em plena luz do dia você mete a mão dentro da saia delas? Você vai ver só, vai ver só, fedelho: quando seu uniforme estiver gasto e você não tiver mais nem um tostão porque bebeu tudo, vai acabar voltando e pedindo pra trabalhar de pastor aqui de novo. E de novo, fedelho: você vai prender é meu porco, ora se vai! Porque enxovalhar os senhores e cuidar de porcos são coisas bem diferentes! Eu não tenho medo de você nem dos seus Jutchkóvs, não!

(Jutchkóv é Gutchkóv.)

Serguei Klimóv acrescenta, à toa:

— É, já há tempos que Petrogrado deveria ter sido entregue. Lá está tudo *deplorível*...

As meretrizes exclamam enquanto soltam o gado no pasto:

Namore os brancos, encaracolados,
Aqueles, de relógios prateados...

Debaixo dos montes está vindo uma multidão de jovens com sanfona e balalaica:

Porquinho-espinho é o que somos
Pés metidos em perneira

Bom é quando bebemos, comemos
E ostentamos na bebedeira...

Fico pensando: "Não, os bolcheviques vão ser autoridades mais inteligentes durante o Governo Provisório! Não sem motivo se tornam cada vez mais ousados. Eles conhecem o seu público".

Na aldeia, perto da isbá, um soldado desertor está fumando e bebendo:
— A noite está escura, como dois minutos...
Que bobagem é essa? Como dois minutos?
— Ué! Assim mesmo: como dois minutos. E o ritmo é assim, ó, nesse ponto.
O vizinho diz:
— Ah! O alemão vem e é ele quem vai bater o ritmo, isso sim!
— Tudo a mesma bosta. Se o alemão vier, vai vir, ué. E daí?

No pomar perto da cabana há uma assembleia inteira reunida. O guarda, um mujique experiente, de fala distintamente rebuscada, conta o boato de que parece que em algum lugar perto do Volga caiu do céu uma égua que tinha umas 20 verstas de comprimento. Volta-se para mim:
— É bobagem na certa, né não, patrão?
Seu parceiro conta, empolgado, sobre seu passado "revolucionário". Em 1906, ele esteve na prisão por arrombamento e roubo – e essa é sua melhor recordação, com frequência ele conta o porquê de sua passagem na prisão:
— Lá era mais alegre que qualquer casamento! E a ração, de primeira!

Ele conta:

— Na cadeia, o comum é os presos políticos ficarem nos andares mais altos e, no segundo andar, ficarem os ajudantes desses políticos. Eles não têm medo de nada, malham o próprio governador, xingam até! E, à noite, cantam "Vítimas, nós caímos"[106]...

"O tsar mandou enforcar um desses políticos e escolheu o pior carrasco do sínodo para fazer isso, só que aí teve a anistia, e o governador-chefe, a terceira pessoa na corte do tsar, que tinha acabado de passar na prova pra governador, veio visitar esses políticos. Chegou e foi direto beber com eles: tomou todas, mandou o *uriádnik*[107] ir atrás de um gramofone – e acabou jogando no time deles. Não é que o governador encheu tanto a cara que começou a trançar as pernas? Aí chamaram uns guardas pra buscar ele de carroça... Ele jurou que ia dar 20 copeques para cada um, meia libra de tabaco turco, 2 libras de pão branco e, claro, estava é engrupindo todo mundo..."

15 DE MAIO

Andando, eu mantenho os ouvidos atentos nas ruas, nas passagens para os pátios, na feira. Todos respiram uma raiva pesada contra as "comunas" e os judeus. Mas os

---

106 Os versos desse poema, atribuído a Anton Amóssov (pseudônimo: Arkhánguelski, 1854-1915), escrito por volta de 1880, foram musicados e se tornaram a marcha fúnebre soviética, símbolo da luta revolucionária e desde então muito popular.
107 Suboficial dos cossacos, grau inferior da polícia rural na Rússia tsarista.

piores antissemitas estão entre os operários da Ropit[108]. É cada mau-caráter! A todo instante fecham a boca em troca de um favor, de uma gorjeta... E três quartos do povo são assim: por uma gorjeta, para solucionar um assalto, um roubo, entregam até a consciência, a alma, Deus...

Andei pela feira – fedentina, sujeira, miséria, uma ucranianada saída do século X, bois magros, telegas antediluvianas – e, no meio de todos esses cartazes, convocações à batalha pela Terceira Internacional. Claro que nem o pior, o mais tinhoso, o mais tacanho de todos os bolcheviques é incapaz de entender toda essa baboseira. Talvez eles mesmos devam rolar de rir disso.

Do *Comunista de Odessa*:

Eliminaremos a hidra cobiçosa,
Com baionetas em punho
E então seremos alegres!
Se não, elas logo emergirão,
Num piscar de olhos multiplicarão,
E alcateias parasitas, então
À custa de nosso sangue viverão...

Estão saqueando as farmácias: todas estão fechadas, pois foram "estatizadas e estão sendo inventariadas". Que Deus nos livre de ficarmos doentes!

E em meio a tudo isso, como num hospício, eu fico deitado e relendo *O banquete*, de Platão, de vez em quando olhando ao meu redor com olhos perplexos e, claro, também enlouquecidos...

---

108 Acrônimo, em russo, de *Rússkoe óbschestvo parakhódstva i trogóvli*, a Sociedade Russa para Navegação a Vapor e Comércio, maior empresa de estaleiros a vapor da Rússia.

Por algum motivo, lembrei-me do príncipe de Kropótkin (famoso anarquista). Estive em sua casa em Moscou. Um velhote absolutamente encantador da alta sociedade – e totalmente moleque, chega a ser espantoso.

Chamaram Kościuszko de "defensor de todas as liberdades". Isso é digno de nota. De especialista, profissional. Do pior tipo.

16 DE MAIO

A situação dos bolcheviques no Don e para além do Volga, que eu saiba, está ruim. Ajude-nos, Senhor![109]

Li a biografia do poeta Polejáiev e fiquei muito angustiado – é tão doloroso quanto triste, e doce (não no que diz respeito a Polejáiev, claro). Sim, eu sou o último que sente esse passado, o tempo de nossos pais e avós...

Caiu uma chuvinha. Uma nuvem alta no céu, o sol às vezes aparece, os pássaros cantarolam docemente no pátio das vistosas acácias verde-amarelas. Recortes de pensamentos, lembranças sobre o que, na verdade, já não voltará mais para sempre... Lembrei-me da pequena Mata Maculada – o mato alto, o bosque de bétulas, ervas e flores até a cintura – e como uma vez caía exatamente essa mesma chuvinha, e eu respirava a doçura da bétula, do campo, dos grãos e todo, todo o encanto da Rússia...

Nikolai Fillípovitch foi expulso de sua propriedade (perto de Odessa). Há pouco começaram a pressioná-lo a sair também de seu apartamento de Odessa. Ele foi à igreja, orou fervorosamente – era o dia de seu santo –, dali foi ter com os bolcheviques, para tratar do apartamento, e lá morreu de repente. Autorizaram que ele

---

109 Súplica presente apenas na edição de 1936.

fosse enterrado na sua propriedade. Ainda assim, ele adentrou o descanso eterno em seu jardim natal, em meio a todos os seus familiares próximos. Vão passar cem anos e será que, estando próximo desse túmulo, ao menos uma pessoa sentirá a época dele? Não, ninguém o fará, jamais. Nem a minha época será sentida. Além do que, não me deitarão à terra perto dos meus próximos...

"Popóv procurou no arquivo da universidade sobre o caso de Polejáiev..." Mas por que raios esse tal Popóv se interessou por Polejáiev? Tudo isso pela ânsia de depreciar Nicolau I.

Repressão dos muridas, que seguem o mulá Kazi. O avô de Kazi foi um soldado russo desertor. Já o Kazi tinha altura mediana, rosto com marcas de varíola, barba rasteira, olhos claros, transparentes. Matou o próprio pai jogando óleo fervente em sua garganta. Vendia vodca, depois se declarou profeta, começou uma guerra santa... Quantos rebeldes, bandidos, não saem desses tipos?

17 DE MAIO

Parece que Pskov, Polotsk, Dvinsk e Vitebsk foram tomadas pelos brancos... Deníkin teria tomado Izium, está perseguindo os bolcheviques de forma implacável. E se for verdade?

A deserção dos bolcheviques é terrível. Em Moscou foi necessário até criar um "CenConDes"[110].

---

110   Sigla para Centro de Combate à Deserção.

21 DE MAIO

Ioffe chegou a Odessa "para avisar à Entente que nós apelaremos ao proletariado de todos os países... e pregaremos a Entente no painel da vergonha...".
Apelar de quê?
Ouvi sobre Ioffe o seguinte:
— Ele é um senhor importante, grande apreciador do conforto, de vinho, de charutos, mulheres. É rico – tem um moinho a vapor em Simferópol e automóveis Ioffe-Rabinóvitch. E muito ambicioso – a cada cinco minutos, lá vai ele: "quando eu era embaixador em Berlim". Galã, o típico ginecologista famoso...
Quem contava, no fundo, admirava-o.

23 DE MAIO

No jornal *O Alarme de Odessa* há um pedido a pessoas que saibam do paradeiro de camaradas desaparecidos: Valinho, o Malvadão; Micha, o Macabro; e a dupla Caminhoneiro e Formiguinha. Depois o obituário de um tal de Jacozinho.
"Também você sucumbiu, pereceu, ó magnífico Jacozinho... *como uma flor exuberante que acabara de soltar suas pétalas...* como um raio de sol no inverno... indignado diante da menor injustiça, erguendo-se contra a exploração, a violência, tornou-se vítima de uma horda selvagem que destrói tudo o que há de valioso na humanidade... Repouse em paz, Jacozinho, nós nos vingaremos por você!"
Que horda? Vingar-se de quê? De quem? Se lá mesmo já estava escrito que o Jacozinho é vítima da atual *"praga mundial, as doenças venéreas"*!

Na rua Deribássovskaia, há novas imagens do Aguitprosvet[111] nos muros: um marinheiro e um soldado vermelho, um cossaco e um mujique enforcam com uma corda um sapo verde nojento, os olhos esbugalhados – um burguês; a legenda: "Antes você nos estrangulava *com seu bucho gordo*"; um mujique enorme agita um porrete e, em cima dele, hidras com dentes se levantam, ensanguentadas – todas as cabeças estão coroadas – a mais terrível de todas, que está morta, humilhada, rendida, com rosto azulado, arrebentada do lado, é a cabeça de Nicolau II; da coroa escorre uma faixa de sangue bochecha abaixo... O conselho editorial do Aguitprosvet (lá já trabalham muitos conhecidos, que falam que ele foi criado para dignificar a arte) faz reuniões, cria projetos, elege novos membros (como Óssipovitch, o catedrático Varneke) e por isso ganha uma ração de pão embolorado com arenque estragado e batatas podres...

24 DE MAIO

Saí de casa: não chove, está mais quente, mas não faz sol, o verde suave e exuberante das árvores está alegre, festivo. Nos postes há cartazes enormes:

"No salão do Proletkult haverá um bailegresso[112] grandioso. Depois do espetáculo serão distribuídos prêmios: pelo pezinho pequenininho, pelos olhos mais lindos. Haverá quiosques em estilo moderno, para ajudar cambistas desempregados; *beijocas em boquinhas e pernocas em*

---

111 Acrônimo, em russo, de *Aguitatsionno-prosvetítelskii otdiél*, a Divisão para Agitação e Educação.
112 No original, *abiturbal*, provavelmente aglutinação de "baile de egressos".

quiosques fechados; taberna vermelha[113]; *diabruras com eletricidade*, cotilhão, serpentina, duas orquestras de música militar, segurança reforçada, luz assegurada até o fim, término às seis da manhã conforme horário antigo. A anfitriã é a esposa do comandante do III Exército Soviético, Klávdia Iákovlevna Khudiakova."

Copiei palavra por palavra. Só imagino os singelos "pezinhos pequenininhos" dos "camaradas" e o que eles aprontarão durante suas "diabruras".

Estou selecionando e rasgando parte dos meus papéis, recortes de jornais velhos. Dedicaram-me uns versinhos muito amáveis no *Trabalhador do Sul* (um jornal menchevique que era editado até a chegada dos bolcheviques):

Também você, assustado, com o elogio *confuso*,
  Curvou-se de repente, servil, à chegada do bárbaro...

Isso diz respeito aos meus versos publicados no *Folhetim de Odessa* em dezembro do ano passado, no dia em que os franceses desembarcaram em Odessa.

Que nacionalistas, que patriotas se tornam esses internacionalistas quando necessário! E com que desprezo zombam da "*intelligentsia* assustada" – como se, de fato, não houvesse nenhum motivo para medo – ou zombam dos "habitantes assustados", como se eles tivessem

---

113 Possível alusão à Taberna Vermelha, legendária taberna nos arredores de São Petersburgo que remonta aos tempos de Pedro, o Grande, frequentada por figuras célebres como a tsarina Catarina II e o poeta Aleksandr Púchkin.

algum privilégio diante desses "habitantes". E quem são, exatamente, esses habitantes, "pequeno-burgueses que prosperaram"? No geral, por quem e pelo que se importam os revolucionários, se eles tanto desdenham o homem comum e sua prosperidade?

Pois ataque de improviso qualquer casa velha, na qual por dezenas de anos vivia uma família numerosa; assassine ou aprisione os donos, os governantes, os funcionários; tome posse dos arquivos da família, comece a examinar e a investigar a vida dessa família, dessa casa: quanto não se descobrirá de obscuro, de pecaminoso, de injusto! Que quadro pavoroso não daria para se pintar, ainda mais quando se está inclinado a fazer isso, quando há o desejo de, custe o que custar, aviltar, arrumar alguém para crucificar!

Assim, de forma inesperada, totalmente inesperada, também foi tomada a velha casa russa. E o que é que foi descoberto? É de cair o queixo: descobriram cada bobeira! Só que tomaram essa casa usando justamente o mesmo sistema que é usado para se criar um *verdadeiro satanás mundial*. O que descobriram? É digno de nota: *absolutamente nada*!

25 DE MAIO

"A chegada a Odessa da camarada Balabánova, secretária da Terceira Internacional."

O funeral de alguém com música e bandeiras: "Que, para cada morte de revolucionário, morram mil burgueses!".

26 DE MAIO

"A união de padeiros anuncia a morte trágica do tenaz combatente pelo reinado do socialismo, o padeiro Mateuzinho..."

Obituários, artigos:

"Mais um se foi... Mateuzinho não existe mais... Tenaz, forte, iluminado... Junto ao seu túmulo *há bandeiras de todas as organizações de padeiros*... O caixão se afunda em flores... Dia e noite junto ao caixão ficará um guarda de honra."

Dostoiévski diz o seguinte: "deem a todos esses mestres supremos modernos a possibilidade cabal de destruir a antiga sociedade e de construí-la de novo e isso resultará em caos e escuridão, em algo tão grosseiro, cego e desumano que todo este edifício irá ruir, sob as maldições da humanidade, antes mesmo de ser concluído"[114].

Hoje, essas linhas já soam fracas.

27 DE MAIO

Pentecostes. A ida até o colégio Sergueiévskoe foi difícil, quase o caminho inteiro estava encoberto por nuvens pesadas, e eu de botas gastas e molhadas. Fracos pela desnutrição, andamos devagar por quase duas horas. E, claro, como eu já esperava, aquele por quem procurávamos – que chegara de Moscou – não estava em casa. Na volta, o mesmo caminho difícil. A estação de trem estava morta, vidros estilhaçados, carris já vermelhos de ferrugem e, perto de um descampado enorme, sujo, onde se reuniam pessoas, aulidos, grasnidos, um balanço

---

114 Citação de *O diário de um escritor* (1873), de Fiódor Dostoiévski.

e um carrossel. E o medo estava presente o tempo todo – medo de alguém nos parar, dar um soco ou agarrar a Vera. Eu andava com os dentes cerrados, firme na intenção de que, se isso ocorresse, eu pegaria a maior pedra que pudesse encontrar e enfiaria no crânio do camarada. Aí que me arrastem para onde for!

Voltamos para casa às três. Notícias: "Estão partindo! O ultimato inglês manda desocupar a cidade!".

N. P. Kondakóv esteve aqui. Ele falou do ódio que o povo sente por nós, ódio que "nós mesmos infundimos neles por cem anos". Depois veio Ovsiániko-Kulikóvski. Depois A. B. Um frenesi de boatos: "Estão expropriando baús, malas e cestas – estão fugindo... O comunicado de Kiev veio totalmente cortado... Proskúrov, Jmierinka, Slaviánsk foram tomadas...". Mas por quem? Isso ninguém sabe.

Fumei mais de cem cigarros, cabeça fervendo e mãos geladas.

Madrugada

Sim, constituiu-se já há muito tempo um tipo de agência mundial pela instauração da alegria humana, de uma "vida nova e maravilhosa". Ele trabalha na capacidade máxima, recebendo encomendas para tudo, literalmente para tudo o que há de mais podre, para as baixezas mais desumanas. Vocês precisam de espiões, traidores e sabotadores do exército inimigo? Ora, já demonstramos – e bastante bem – nossa competência nesse campo. Está com vontade de fazer alguma "provocação"? Por gentileza, você não encontrará em nenhum outro lugar pilantras mais experientes em provocação... etc. etc.

Que besteira! Era um povo de 160 milhões de pessoas que detinha um sexto do globo terrestre. E qual fração? A mais fabulosa e verdadeiramente rica e que *florescia com rapidez igualmente fabulosa*! E eis que por um século ficaram inculcando nesse povo a ideia de que sua única salvação seria tomar de milhares de proprietários de terras essas mesmas *dessiatinas*[115] que já lhes escorria por entre os dedos não a cada dia, mas a cada hora!

28 DE MAIO

Com frequência, não durmo o suficiente, como hoje. Desde bem cedo os boatos já começaram a atormentar. Eram tantos que ficou tudo confuso na minha cabeça. Muitos deram a impressão de que já, já ocorrerá a libertação. Ao entardecer, o boletim do *Izvestia*: "Nós entregamos Proskúrov, Kamiénets, Slaviánsk. Os finlandeses atravessaram a fronteira e estão atirando sem motivo no Kronshtadt... Tchitchiérin está protestando...". Dombróvski foi preso, de madrugada desarmaram suas unidades de combate e houve troca de tiros.

Dombróvski é o dirigente de Odessa. Ex-ator, em Moscou ele financiava o Teatro de Miniaturas. Foi dia do seu santo, houve um banquete descomunal. Muitos convidados da Tcheká. Com a bebedeira aprontaram um escândalo, houve tiros, briga.

29 DE MAIO

No lugar de Dombróvski, preso, apontaram o estudante Mizikiévitch como administrador de Odessa. Depois: "Na Romênia há uma revolta... toda a Turquia foi tomada pela revolução... *A revolução se estende à Índia...*".

115 Antiga medida russa equivalente a 1,09 hectare.

Ao meio-dia, saí para cortar o cabelo. Dois camaradas sinistros "convidaram" o dono do salão para comprar ingressos para sei lá qual concerto (75 rublos cada ingresso), com estupidez tão animal que até mesmo eu, que, parece, já estou acostumado com tudo, fiquei chocado. Encontrei-me com Louis Ivánovitch (um marinheiro conhecido meu): "Amanhã, às doze horas, acaba o prazo do ultimato. Odessa será tomada pelos franceses". Era bobagem, mas voltei para casa como que embriagado.

31 DE MAIO

"Ufá foi tomada pelas gloriosas tropas soviéticas, *alguns milhares* de prisioneiros e *doze* metralhadoras. Perseguimos energicamente o inimigo que foge tomado pelo pânico... Nós deixamos Berdiánsk, Tcherkovo e combatemos a sul de Tsarítsyn." Hoje, em Berlim, é o enterro de Rosa[116]. Por isso, em Odessa hoje é dia de luto, qualquer tipo de diversão fica proibido, os operários trabalham só de manhã, saiu no jornal *Comunista de Odessa* um artigo: "Tiramos o chapéu!".

Dez ovos já custam 35 rublos, a manteiga custa 40, já que os mujiques que abastecem a cidade com alimentos são roubados por "bandidos". *Os cemitérios foram tomados para contabilização*. "*O enterro de cidadãos pode ser realizado gratuitamente a partir de hoje.*" Os relógios foram adiantados mais uma hora — agora *são dez da manhã* no meu relógio, mas pelo "modo soviético" é *uma e meia da tarde*.

Ioffe está ficando num vagão estacionado na estação de trem. Está aqui na qualidade de inspetor público.

---

[116] Ver, no índice, Luxemburgo, Rosa.

Surpreso, irritado com muitos cidadãos de Odessa – "Odessa está passando dos limites", levanta os ombros, fica sem palavras, "suaviza" algumas coisas...

O artiguinho "Coroa de espinhos": "Andou circulando pelos trabalhadores um boato desagradável e cruel: 'Assassinaram Matiách!'. Com ódio, apertaram-se as mãos calejadas e *gritos já roucos se fizeram ouvir*: 'Olho por olho! Vingança!'".

Entretanto, depois veio à tona que Matiách se suicidou: "Não suportou o pesadelo da realidade que o cercava... bandidos, ladrões, saqueadores, sujeira e violência o cercavam por todos os lados... A comissão de investigação determinou que ele tomou consciência da dificuldade que é trabalhar em meio a bandidos, ladrões e trapaceiros...". *Atestou-se, além disso, uma "leve embriaguez".*

2 DE JUNHO

Um informativo que só deixa perguntas no ar. A única coisa que ficou clara é que Deníkin continua tendo êxito.

Depois do almoço, saímos. Chuva. Nós nos abrigamos na entrada de um prédio, onde encontramos Schmidt, Polevítskaia e Varchávski. Polevítskaia falou para eu escrever uma peça de mistério, na qual ela teria o "papel" da Virgem "ou algum outro papel de santo, algo que infundisse o cristianismo". Eu pergunto: "Em quem? Nesses bichos?". Ela: "É, sim, e por que não? Pois há pouco tempo um marinheiro de uns 12 *puds*[117] estava na primeira fileira, chorando...". "Os crocodilos também choram", respondi...

---

117 Trezentos quilos.

Depois do jantar saímos novamente. Como sempre, com uma terrível pedra na alma. De novo essas estrelas rosa vítreas, como se viessem do fundo do mar, pairavam no ar noturno — na travessa Krásnaia, na frente do teatro "em homenagem a Sverdlóv" e sobre a entrada do teatro. E de novo aquele cartaz pavoroso — a cabeça do tsar, morta, azulada, humilhada e coroada, com um lado arrebentado por um porrete de camponês.

3 DE JUNHO

Há um ano chegamos a Odessa. Que horrível pensar que já faz um ano! Quantas mudanças, e todas para pior. Agora, até da mudança de Moscou para cá eu me lembro como se fosse uma época maravilhosa.

4 DE JUNHO

Koltchak foi reconhecido pela Entente como o governador supremo da Rússia. No *Izvestia* há um artigo indecente: "Diga-nos, seu verme, quanto te deram?". Para os diabos com eles. Eu me persignei com lágrimas de alegria.

7 DE JUNHO

Estive na livraria do Ivásenko. Sua biblioteca foi "estatizada", os livros são vendidos somente para aqueles que possuem "mandatos". E estes são os carretos, os soldados vermelhos, que pegam o que vier pela frente: Shakespeare, livro sobre tubulação de concreto, direito governamental russo... Eles levam por um preço baixo, preestabelecido, para vendê-los mais caro.

Ninguém quer ir ao front. Estão fazendo batidas para apanhar "desviacionistas".

Dias inteiros de carregamentos de itens roubados de lojas e casas de burgueses indo pelas ruas sabe-se lá para onde.

Dizem que enviaram para Odessa marinheiros de Petersburgo, ferozes, são dos mais implacáveis que existem. E é verdade que passou a ter mais marinheiro na cidade, com nova aparência, com a *barra da calça* igual a um *sino de igreja*, um verdadeiro horror. Dá muito medo andar pelas ruas. Os guardas sempre brincam com seus rifles – se entrou na frente, pode levar bala. A todo instante você topa com uma dupla de arruaceiros desmontando uma browning na calçada.

Depois do jantar, estivemos no canhão do bulevar. Agrupamentos, conversas, agitação – todos falando sobre as monstruosidades dos brancos, enquanto um soldado dá a saber sobre seu trabalho anterior, o mesmo de sempre: como os chefes "enfiavam tudo nos próprios bolsos" – a fantasia desses animais não vai além do bolso.

— Os generais venderam Przemyśl por *10 mil* – fala um. — Eu conheço bem o caso, eu mesmo estava lá.

Boatos enlouquecidos sobre Deníkin, sobre seus êxitos. O destino da Rússia está sendo decidido.

9 DE JUNHO

Nos jornais, o mesmo de sempre – *"Deníkin quer pegar brasa com as mãos"* – e sempre essa mesma e horrível inquietação por causa dos alemães, porque eles terão de assinar a paz "vergonhosa". O natural seria gritar:

"Salafrários! E a paz obscena de Brest, assinada por Karakhan, em nome da Rússia?". Mas é também em algo desse tipo que está a força satânica deles, já que souberam ultrapassar todos os limites, todas as fronteiras do permitido, fazer todo tipo de assombro, todo tipo de grito de indignação se tornar inocente, bobo.

E é sempre a mesma loucura de atividade, sempre a mesma energia inextinguível que não se enfraquece já há quase dois anos. Sim, está claro que isso não é humano. Não é à toa que as pessoas acreditam no diabo há mil anos. O diabo, algo diabólico sem dúvida existe.

Em Khárkov "foram tomadas medidas extraordinárias" – contra o quê? – e todas essas medidas se reduzem a uma única coisa – o fuzilamento "no local". Em Odessa, foram exterminadas mais quinze pessoas (publicaram a lista). De Odessa foram enviados "dois trens com presentes para os defensores de Petersburgo", ou seja, com itens alimentares (enquanto a própria cidade de Odessa está morrendo de fome). Essa noite muitos poloneses foram presos – como reféns, já que temem que, "depois de firmar a paz em Versalhes, alemães e poloneses avancem sobre Odessa".

Os jornais estão publicando excertos da declaração de Deníkin (promessa de perdoar os soldados vermelhos) e fazem piada: "Nesse documento tudo se coaduna: a insolência de um oportunista do tsar, o humor de um enforcado e o sadismo de um carrasco".

Pela primeira vez na vida, eu vi, não no palco, mas na rua, em plena luz do dia, um homem com bigodes e barbas postiças.

Foi um golpe tão forte na vista que parei, como se acabasse de ser atingido por um raio.

Uma das crenças mais antigas entre os selvagens:

"O brilho da estrela, no qual nossa alma se transforma depois da morte, é feito do brilho dos olhos das pessoas que comemos..."

Hoje isso já soa arcaico.

"Viverás da espada, Esaú!"[118]

E é assim que vivemos até agora. A diferença só está no fato de que o Esaú contemporâneo é um *absoluto vigarista* em comparação com o anterior.

E tem mais uma passagem da Bíblia:

"A honra declinará e a baixeza aumentará... Os agrupamentos sociais se transformarão na casa da perversão... *E o rosto dessa geração será como o de um cão...*"[119] E tem mais uma, conhecida de todos:

"Morda – e te tornarás como deuses."

Não morderam uma vez só. E tudo à toa[120].

"A tentativa dos franceses de restabelecer os direitos sagrados do homem e de lutar pela liberdade revelou a mais absoluta impotência humana... O que nós encontramos? Grosseiros instintos anárquicos que, quando se libertam, rompem todos os laços sociais para dar lugar a *uma autossatisfação animalesca...* Mas aparecerá uma pessoa poderosa que amansará a anarquia e apertará fortemente em seu próprio punho o poder governante!"

O mais incrível de tudo isso é que essas palavras – tão apropriadas a Napoleão – pertencem a Herzen.

E o próprio Napoleão disse:

— O que fez a revolução? A ambição. O que lhe colocou um fim? Também a ambição. E que magnífico

---

118 Gênesis 27:40.
119 Citação do Talmud Babilônico, Tratado de Sotah 49b:8.
120 Paráfrase do mito de Adão e Eva, presente apenas na edição de 1935.

pretexto para enganar a turba foi, para todos nós, a liberdade!

Lenotre falando de Couthon:

"De que jeito Couthon chegou à Convenção? Couthon, como se sabe, era aleijado, entretanto era um dos mais atuantes e incansáveis membros da Convenção e, *se não estivesse em tratamento* com banhos medicinais, não perdia uma única assembleia. Sendo assim, então como é que ele aparecia na Convenção?"

Para começar, ele morava na rua Saint-Honoré. "Esse apartamento", ele escreveu em outubro de 1791, "é muito confortável para mim, pois ele se encontra a dois passos do Santuário (ou seja, da Convenção) e eu posso ir até lá de muletas". Mas logo as pernas se recusaram por completo a atendê-lo, além do que, seu local de residência também mudou: ele passou a morar na rua Passy e depois perto da Pont-Neuf. Em 1794, ele, finalmente, estabeleceu-se de novo na rua Saint-Honoré, prédio número 336 (atual 398), *no qual morava também Robespierre*. E por muito tempo acharam que Couthon *se fazia carregar* até a Convenção. Mas como? Onde? Num cesto? Nas costas de um soldado? Essas perguntas ficaram sem resposta por cem anos inteiros", diz Lenotre — e ele faz uma digressão para delinear a vida cotidiana desse verme feroz, utilizando somente um manuscrito encontrado, vinte anos depois da morte de Couthon, no meio de documentos revolucionários.

Trata-se do relato de um provinciano que chegou a Paris com o objetivo de justificar, perante a Convenção, seus conterrâneos, juízes revolucionários que eram suspeitos de "indulgência" devido a denúncias. Aconselharam ao provinciano se dirigir diretamente a Couthon e uma mulher, conhecida da sra. Couthon, arranjou para ele esse encontro, "cuja simples lembrança, depois, pelo resto da vida, era suficiente para que ele tremesse todo".

"Quando nós nos apresentamos a Couthon", conta o provinciano, "eu, para minha surpresa, vi um homem de rosto bondoso e trato bastante educado. Ele alugava um excelente apartamento, cujos móveis se diferenciavam pelo grande refinamento. De robe branco, ele estava sentado numa poltrona e dava alfafa para um coelho que se aninhara em suas mãos, enquanto seu filho de 3 anos, fofinho igual a um anjo, afagava com carinho o animal.

"'Como posso ser útil?', Couthon me perguntou, 'Uma pessoa que é recomendada pela minha esposa possui o direito a minha atenção'. E lá estava eu. Subornado por aquela cena idílica, permiti-me descrever a penosa posição de meus conterrâneos e depois, cada vez mais alentado pela sua acolhedora atenção, eu disse, já na mais completa inocência:

"'Sr. Couthon, o senhor é a pessoa mais onipotente no Comitê de Salvação Pública. Será que o senhor não está a par de que a corte revolucionária diariamente declara sentenças de morte a pessoas que são totalmente inocentes? Por exemplo, veja, hoje serão executadas 63 pessoas: por quê?'

"E, meu Deus, o que aconteceu imediatamente depois de minhas palavras?! O rosto de Couthon se desfigurou como o de uma besta, o coelhinho voou às cambalhotas de sua mão, o pequeno correu para a mãe aos prantos e o próprio Couthon correu para o cordão da campainha que se dependurava do lado de sua poltrona. Mais um minuto e eu teria sido capturado pelos seis 'agentes de segurança' que ficavam permanentemente em seu apartamento, mas, felizmente, a pessoa que me acompanhara conseguiu segurar a mão dele a tempo e me meter porta afora. Naquele mesmo dia, fugi de Paris..."

Pois vejam só, diz Lenotre, como era Couthon em seus bons momentos. E, como se descobriu só há pouco tempo, ele ia à Convenção num triciclo. Em julho de 1889, apareceu uma jovem no museu Carnavalet. Ela falou ao depositário que era bisneta de Couthon e entregou ao museu a mesma poltrona na qual Couthon se sentava ao se dirigir, por si só, até a Convenção. E uma semana depois de essa poltrona ter sido entregue ao Carnavalet, ela foi desembalada "e de novo viu o sol de Paris, o mesmo sol do Termidor que havia 105 anos não esquentava sua velha madeira". Revestida por um veludo cor de limão, ela se move por meio de uma manivela e uma corrente, ligadas às rodas.

Couthon era quase um cadáver. "Os banhos o enfraqueceram. Alimentava-se só de caldo de carne, era consumido por um mal dos ossos[121], vivia extenuado por náuseas e soluços permanentes." Mas sua obstinação e sua energia eram inesgotáveis. O drama revolucionário corria à solta, num ritmo louco. "Todos os seus atores eram tão irrequietos que, sempre que você pensa neles, os imagina em movimento, saltando na tribuna, relampejando de raiva, indo de um lado a outro da França – tudo isso pela sede de atiçar a tempestade que então deveria aniquilar o velho mundo." E Couthon não ficava para trás. Todos os dias, ele ordenava que fosse erguido e colocado em sua poltrona, "com força de vontade monstruosa obrigava suas mãos retorcidas a se deitarem sobre o aparato, que lembrava uma manivela de moedor de café, e voava à Convenção, em meio ao aperto da multidão de gente da rua Saint-Honoré, para enviar pessoas ao cadafalso. Deve ter sido uma cena horrível a visão desse fragmento

---

[121] Possivelmente, trata-se do mal de Pott, uma espécie de tuberculose óssea.

humano indo em meio à multidão no seu aparato-matraca, com o torso inclinado para a frente e pernas mortas enroladas num cobertor, molhado de suor e gritando o tempo todo 'Abram caminho!', enquanto as pessoas corriam para diversos lados por medo e por susto do contraste entre o lamentável aspecto daquele aleijado e, ao mesmo tempo, o temor que só o seu nome causava!"

A "força natural" da revolução:
   No jornal menchevique *O Trabalhador do Sul*, que no inverno passado era editado em Odessa, o conhecido menchevique Bogdánov contava como se formou o célebre Conselho dos Deputados Operários e Soldados:
   — Chegaram Sukhánov-Himmer e Steklóv, que não haviam sido eleitos por ninguém, que não haviam sido designados por ninguém, e se nomearam à frente desse conselho ainda inexistente!

Grjébin, na época da guerra, começou a editar uma revistinha patriótica chamada *Pátria*. Ele nos chamou para uma entrevista. A propósito, F. F. Kokóchkin também participou. Depois da entrevista, pegamos o mesmo coche. Começamos a falar sobre o povo. Eu não dissera nada de terrível, apenas que a guerra já tinha enchido a paciência das pessoas e que todo aquele alarido, estampado em jornal, de que o povo aspirava à guerra era uma mentira criminosa. E, de repente, ele me interrompeu com sua postura habitualmente correta, mas dessa vez com certa aspereza que lhe era incomum:
   — Deixemos de lado essa conversa. A sua visão do povo sempre me pareceu, digamos... desculpe-me, particular demais, por assim dizer...

Eu olhei para ele com espanto e quase com horror. Não, pensei eu, essa nobreza não vai sair barato para nós.

Tal nobreza tinha seu mérito inclusive legal, mas as pessoas representavam-na, aplaudiam-na e até a negociavam. E eis que um bando de meninos dotados de todo tipo de canalhice, que não queriam ir ao front de batalha, surgiram na Duma e nós, "rodeados pela confiança e pela vontade soberana do povo", começamos a gritar para o mundo inteiro que a grande revolução russa havia acontecido, que o povo agora estava disposto a entregar a própria cabeça por nós e por qualquer tipo de liberdade e, o mais importante, que agora mesmo os alemães seriam destruídos como tinha de ser, até a vitória final. E, somado a tudo isso, em poucos dias aniquilaram em toda a Rússia todo e qualquer poder...

Primavera de 1917. Restaurante Praga, música, muita gente, garçons correndo por todos os lados. É proibido vender vinho, mas quase todos estão bêbados. A música corta docemente o peito. Famoso advogado liberal de uniforme militar. Enorme, gordo no peito e nos ombros, cabelo curto. Está tão bêbado que grita para o restaurante inteiro mandando tocar *Oira*[122].

Seus companheiros de garrafa, um "zemgussar" que estava ainda mais bêbado que ele, o abraça e o beija com paixão, colando-se com loucura em seus lábios.

A música toca se lamentando, lânguida-lasciva, depois fugaz:

---

122 *Oira-oira*, polca então popular em restaurantes.

— Eia, vamos!
Tu, meu cavalo cinza, eia, vamos![123]

E o advogado, braços e cotovelos gordos erguidos, sacoleja no sofá, marcando o passo.

10 DE JUNHO

Os jornalistas do *Palavra Russa* estão fugindo para a Crimeia de veleiro. Lá, o pão seria vendido por 8 grívnas a libra, e o governo seria menchevique, além de outros benefícios.

Na rua, cruzei com S. I. Varchávski. Ele diz que, no BUP, está pendurado um telegrama exultante: "Os alemães não assinarão a vergonhosa paz!".

Mais de mil poloneses foram presos em Odessa. Durante a prisão, dizem, foram espancados sem nenhuma piedade. Ué, e daí?

Em Kiev, continua a "efetivação do terror vermelho na vida": foram assassinados, entre outros, mais alguns professores titulares, dentre os quais Iákovski, conhecido especialista em diagnóstico.

Ontem foi uma reunião "extraordinária" – é sempre "extraordinária"! – do Comitê Executivo. Feldman disparatou o de sempre: "A revolução mundial está chegando, camaradas!". Alguém grita a resposta: "Chega, já deu! Queremos pão!". E Feldman vocifera: "Opa! Quem está gritando isso aí?". A pessoa sobressai, ousada: "Eu!", para na hora ser presa. Então, Feldman propôs "utilizar

---

[123] Citação de canção muito popular durante a Primeira Guerra Mundial, de origem cigana.

burgueses, em vez de cavalos, para transporte de carga".
A ideia foi ovacionada.

Dizem que Belgorod foi tomada por nós.

Que indecência! Na cidade inteira só se ouve o batuque de sandálias de madeira, a cidade inteira está encharcada – os "cidadãos" ficam carregando água do porto da manhã até a noite, porque o encanamento não funciona. E todos, da manhã até a noite, só falam sobre como arrumar comida. A ciência, a arte, a tecnologia ou qualquer trabalho humano, por menor que seja, qualquer modo de vida construtiva – tudo isso está morto. As vacas magras devoraram as vacas gordas do faraó e elas não só não engordaram como estão morrendo!

Agora, na aldeia, as mães botam medo nos filhos assim:

— Shhh! Silêncio! Senão vai todo mundo para a comuna de Odessa!

Estão passando adiante umas palavras sinceras e insolentes ditas por Trótski, não sei onde, há poucos dias:

— Eu ficaria chateado se me dissessem que sou um mau jornalista. Mas, quando me dizem que sou um militar ruim, aí eu respondo: estou aprendendo, um dia chego lá.

Como jornalista, ele era hábil: A. A. Iablonóvski estava contando que certa vez ele levou consigo, roubado da redação do jornal *O Pensamento Kievano*, o casaco de pele de alguém. Já guerrear e vencer, isso ele "está aprendendo" ao lado dos mesmos generais tsaristas que calharam de virar seus prisioneiros. Pois não é que ele vai acabar se passando por chefe militar?

O oficialato vermelho: um meninote de uns 20 anos, rosto inteiro nu, barba raspada, bochechas encovadas, pupilas pretas e dilatadas; em vez de lábios, tem algo como um odiento *esfíncter*; quase todos os dentes de ouro; no corpo de frangote, uma camisa de uniforme com as tiras de oficial estiradas do cinto ao ombro, e pernas finas como as de um esqueleto – a mais obscena calça balonê à moda *gallifet*, botas empetecadas que valem milhares e, no culote, uma enorme e risível browning.

Na universidade, tudo está nas mãos de sete meninos do primeiro e do segundo ano. O comissário-chefe é um aluno do Instituto Veterinário Málitch, de Kiev. Durante as conversas com os catedráticos, ele soca a mesa e fica de pés cruzados nela. O comissário dos Cursos Superiores Femininos – um aluno do primeiro ano, chamado Kin, que não consegue aguentar nenhum tipo de contrariedade – grita de imediato: "Chega de grasnar por aqui!". O comissário do Instituto Politécnico anda permanentemente com um revólver carregado em punho.

Ao entardecer, encontrei na rua um judeu conhecido (Zeler, advogado de Petersburgo). Rápido:

— Olá. Passe pra cá sua orelha.

Fiz.

— Dia vinte! Estou avisando!

Apertamos as mãos e ele partiu de imediato.

Ele disse isso com tanta firmeza que, por um minuto, fiquei sem rumo.

E como não? São uníssonos em dizer que ontem houve uma reunião secreta na qual foi decidido que a situação é desesperadora, que é preciso ir à clandestinidade e de lá dar um jeito de matar os soldados de Deníkin quando eles chegarem – infiltrando-se no meio deles, corrompendo-os, comprando-os, embriagando-os, incitando-os a fazer todo tipo de monstruosidade, e isso portando o uniforme dos voluntários brancos e gritando por vez "Deus salve o tsar", por outra "morte aos judeus".

Mas é bem possível que, de novo, todos esses rumores sobre a situação desesperadora sejam originados por eles. Eles sabem perfeitamente o quanto estamos propensos ao otimismo. *Sim, é sim: foi justamente esse otimismo que acabou conosco.* Precisamos nos lembrar disso sempre.

Além disso, pode ser que seja verdade que estejam se preparando para fugir. Os saques correm à solta. O que arrumam é distribuído sem remuneração aos "comunistas" mais fiéis: chá, café, tabaco, vinho. De acordo com os boatos, sobrou pouco vinho, já que os marinheiros (que gostam em particular do conhaque Martell) beberam tudo. E, até agora, é necessário ficar dando provas de que esses gorilas carcerários estão morrendo não pela revolução, mas de Martell?

Setembro de 1917, um entardecer lúgubre, escuro, de nuvens amareladas com fissuras no poente. Os restos das folhas nas árvores junto à cerca da igreja se avermelham de um jeito estranho, embora o chão já escureça. Eu entro na guarita da igreja. Lá dentro está quase completamente escuro. O guarda, que também é sapateiro, é um homem baixinho, de nariz achatado, barba ruiva densa, tem a fala melosa e está sentado num banco, com a camisa solta por cima da calça e um colete com um bolsinho no qual se nota um frasco de rapé. Ao me ver, ele se levanta e faz uma profunda reverência, sacode os cabelos que caem sobre a testa e depois me estende a mão.

— Como vai, Aleksei?

Ele suspira:

— Um tédio.
— Como assim?
— Assim. Não está bom. Ah, patrão, nada bom! Um tédio!
— E por quê?
— Porque sim. Ontem eu estive na cidade. Antes, a gente andava solto, agora você tem sempre que levar um pão, já que na cidade estão passando fome. Fome, fome! Não entregam a mercadoria. Não tem mercadoria. Não tem nada. O vendedor da loja diz assim: "Me dá pão que te damos mercadoria". E eu: "Ah, é? Então coma couro o senhor, que eu vou é comer meu pão". E isso é só um pouco – a que ponto a coisa chegou! Um reforço de botina por 14 rublos! Não, enquanto não meterem a faca na burguesia, a gente toda vai é passar fome e frio. Ah! Meu senhor, com consciência tranquila, eu lhe digo que vão é passar a faca na burguesia, ah, se vão!

Quando saio da guarita, o guarda também sai e acende a lamparina perto do portão da igreja. De detrás do morro, vem um mujique cambaleando bruscamente para a frente – está muito bêbado –, gritando para a aldeia inteira, xingando o diácono com os piores palavrões possíveis. Ao me ver, de repente se inclina para trás e para:

— Já o patrão não pode xingá-lo! O senhor, se fizer isso, se xingar um religioso, terá a língua esticada num bastidor![124]

— Mas permita-me: eu, em primeiro lugar, estou quieto e, em segundo, por que você pode e eu não?

— E quem é que vai enterrar o senhor quando o senhor empacotar? Não é o diácono?

— E você? Quem vai te enterrar?

Depois de baixar a cabeça e pensar, diz soturno:

---

124   Referência a castigos legais vigentes na Rússia imperial.

— Ele, aquele cachorro, não me deu querosene na loja cooperativa. "Você", ele disse, "já pegou sua parte". E se eu quiser mais? "Não existe essa lei", ele disse. Bonzinho ele, não é? Tinham que prender ele por isso, aquele cachorro duma figa! Agora não tem mais lei nenhuma. Espera só, espera só – e ele se vira para o guarda –, tua vez ainda vai chegar! Aí eu vou te lembrar desse reforço de botina! E vou te degolar feito um galo, espera só!

Outubro do mesmo ano. Na rua cartazes, manifestações, convocações:

— Cidadãos! Camaradas! Quitem suas dívidas com a Assembleia Constituinte, sua espada oculta, dona soberana da terra russa! Façam suas vozes serem ouvidas, votem todos na lista três!

Os mujiques, ao ouvir essas convocações pela cidade, comentavam em casa:

— Que cachorrada! A Assembleia fica ameaçando: "Vocês devem muito!", diz, "Votem!"[125]. Só que, para votar, eu tenho que apresentar o inventário de todas, mas todas, as posses dos senhores. Então eu estou devendo para quem? Para esses da Assembleia? Que caiam secos e duros! Não, não, esses aí do novo governo não prestam pra nada! Estão é querendo engordar o boi pro abate: pra nós virarmos camaradas essa gente vem e promete, sem dar trégua, uma montanha de ouro, enquanto o que querem mesmo é roubar até a cruzinha da nossa correntinha! Mas eles não perdem por esperar: se querem ouvir a nossa voz, eles vão é ouvir mesmo, porque vamos chegar em coro, vai ser um vozerio que só!

---

125 Aqui, Búnin cria um jogo de palavras entre "votar" (*golosovát*) e "chorar copiosamente" (*golosít*) de difícil tradução: em vez de utilizar a palavra votar, ele utiliza chorar, demonstrando que o mujique não entende a distinção entre uma e outra.

Ficamos sentados, comentando esse assunto com o antigo estaroste, um homem que não é rico, um camponês médio, mas hábil administrador. Ele diz:

— É... Já sabemos que eles estão xingando, ameaçando o calote com juros. Agora, vamos reunir uma Assembleia Constituinte, estão falando que vamos escolher um candidato. Está um diz-que-diz que vamos redigir um contrato, vamos discutir, e ele vai assinar o que a gente *liberar*: quando construir uma estrada, quando começar a guerra — ele agora vai ter que perguntar pra gente. E a gente lá sabe onde é que precisa construir qual estrada? Olha que eu sou rico e, desde que nasci, nunca saí de Elets. Faz vinte anos que tentamos tapar com tudo o que é tranqueira o buraco da nossa estrada no pé da montanha, e não tem jeito: é só a gente se juntar que passamos três dias brigando. Depois, são três baldes de vodca goela abaixo, e cada um vai pro seu canto. Enquanto isso, o buraco continua ali. Agora, fazer guerra de novo contra esse ou aquele tsar, isso eu já não consigo e nem sei: vai que, de repente, ele é boa pessoa? Mas sem a gente, dizem, não dá. E então vêm com uma faca na nossa garganta? Deixa eles e esse pagamento na Duma pra lá!

— Pois a questão é essa – digo –: o pagamento é bom.

— E daí? É?

— Claro que sim. É por isso que você tem que estar lá.

Ele pensa. Depois, suspira:

— Não vão me deixar entrar, eu sou bolchevique[126]: tenho 3 *dessiatinas* de terra comprada e dois cavalos dos bons.

---

126 Jogo de palavras com o termo *bolchevique* (derivado de *bólche*, "mais"): ignorando a acepção política do termo, o personagem presume uma interpretação literal inexistente em russo, ou seja, "aquele que possui mais do que outros".

— Pois, então, quem melhor do que você para estar lá? Você é proprietário.

Depois de pensar e se animando cada vez mais:

— É mesmo! Até que seria bom! Eu defenderia as pessoas de classe alta. Eu votaria pelas pessoas da nobreza. E cuidaria também de sua descendência. Eu não deixaria tomarem a terra dos meus senhores. Porque ele, esse deputado de agora, não conseguiu ganhar nada na vida, e o diabo o ajuda a pegar pra ele a terra dos outros. Ele foi eleito aqui na nossa região, mas que deputado é esse? Xinga, não tem onde cair morto, é um bebum, fede a álcool! Ele bota medo na gente, enquanto nas terras dele só tem uma galinha. Se você der pra ele umas 100 *dessiatinas*, dois dias depois ele vai estar com uma mão na frente e outra atrás, e bêbado. Será que ele pode trocar de lugar comigo? Desenterrou tudo o que é papel e não encontrou nada, aquela cobra venenosa, nem ler ele consegue, não sabe – desde quando a gente é leitor? Qualquer ovelha bale melhor do que eu leio!

Conversou comigo sobre a Assembleia Constituinte também o revolucionário mais apaixonado de toda a nossa aldeia, Pantiuchka. Também ele diz coisas muito estranhas:

— Eu próprio, camarada, sou social-democrata, vendi tudo que é jornal por três anos em Rostóv-no-Don, pelo menos uns mil exemplares de um, o *Satiricon*, passaram pela minha mão, e ainda assim eu digo abertamente: que diabo de ministro é esse, esse tal de Gvózdev? Eu sou velhaco, ele é lá menos velhaco do que eu? Que nem eu, ele vai acabar voltando de novo para a aldeia, *nós dois somos farinha do mesmo saco*. E eu fico de atrevimento pra cima de você com esse meu "camarada" pra cá, "camarada" pra lá –, falando bem a verdade, eu devia levar uns cascudos por causa disso. Pois o senhor é uma pessoa considerada, um escritor conhecido, o primeiro de todos os príncipes pode se sentar com o senhor na mesma mesa por causa da sua nobreza, enquanto eu, quem sou eu? Falo para os mujiques: ei, pessoal, não errem o alvo! Se tem alguém, eu falo para eles, que deve ser eleito para a Assembleia Constituinte, então já está entendido que é o camarada Búnin. Lá naquele meio ele também tem bons conhecidos, vai poder circular por onde bem entender...

À noite estive na casa do V. A. Rosenberg. E de novo: eu falando dos êxitos dos voluntários do Exército Branco, e ele sobre como, nas cidades que eles já tomaram, "violentam a liberdade de expressão". Dá vontade de esmurrar!

Madrugada

Lembrei: chegaram notícias do front austríaco, mataram Volodka[127]. Já é o segundo dia que a velha (a mãe) fica deitada de bruços, na tarimba, de casaco de pele, nem chorar ela consegue. O pai finge que está feliz, sempre andando em volta dela, falando sem parar, com timidez:

— Você é doida ou o quê, velha! É uma doida mesmo! E você estava pensando o quê? Que estavam lá para cuidar dos nossos filhos? O inimigo também se protege, ora! Sem isso, não era guerra! Você imaginava o quê, com essa tua cabeça oca: era guerra sem isso?

A esposa de Volodka, uma camponesa jovenzinha, fica sempre aparecendo na porta da isbá, batendo a cabeça no que tiver pela frente e gritando de tudo quanto é jeito, uivando feito um lobo. E o pai diz para ela:

---

[127] Forma pejorativa de Vladímir.

— Mais essa! Mais essa! E então, ele não devia ter se defendido? Então, Volodka devia ter se atirado aos pés deles e implorado?

E Iákov: quando recebeu a carta dizendo que o filho fora morto, começou a sorrir e disse, franzindo o cenho de um jeito meio estranho:

— Isso não é nada, não! Nada, não! Ele está no Reino dos Céus! Não estou sofrendo, não, não dá nem pena! É uma vela para Deus, seu Ivan! Ele é uma vela para Deus, uma homenagem para Ele!

Mas na verdade Deus e o diabo se alternam a todo instante na Rus. Quando nos sentamos no pomar perto de uma choça, iluminada por uma cálida e baixa meia-lua, ao ouvir os gritos da esposa de Volodka, um mercador disse:

— Vejam só! A desgraçada está que se condói, dá até pra pensar que é pelo marido e não pelo que ele tinha *no meio das pernas...*

... Eu mal me contive, por pouco não lhe dei uma na testa. Mas na cabana, alegrando-se com a lua, um galo cantou, terno e sonoro, e o mercador continuou:

— Ah, Senhor! Que bom! É por isso que fico com ele, não vendo nem por 100 rublos de prata! Ele é alegre, todas as noites me emociono com ele...

A filha de Páltchikov (tranquila, graciosa) me perguntou:

— É verdade o que estão falando, senhor, que estão trazendo 40 mil prisioneiros austríacos?

— Se são quarenta mesmo, não sei, mas é verdade, sim.

— E a gente vai ter que dar comida pra eles?

— Mas como não dar comida? Fazer o quê, então, com eles?

Ela pensou por alguns instantes.

— Como, fazer o quê? Passar a faca e enterrar, ué...

Mujiques, depois de destruírem a casa senhorial de um

proprietário de terra perto de Elets, no outono de 1917, como passatempo, arrancaram as penas de pavões vivos e os colocaram, sangrando, para voar, cambalear, tropeçar; quando caíam, os animais davam gritos pungentes.

Mas isso não é nenhuma desgraça! Veja que Pável Iuchkiévitch me assegura, ensina-me que "não se pode abordar a revolução com referenciais penais", que se arrepiar diante desses pavões seria um *"materialismo pequeno-burguês"*. E até lembrou Hegel: "Não foi à toa que Hegel disse que toda realidade possui sua razão: da mesma maneira, na revolução também existe uma razão, existe um sentido para o que acontece".

Pois é... "pimenta nos olhos do outro é refresco". E o pavão, que nem suspeitava da existência de Hegel? Com que medida, além da penal, aqueles padres, proprietários de terra, oficiais do Exército, crianças e velhos, cujos crânios foram destroçados pelo povo vencedor, podem "abordar a revolução"? Mas que importa a Pável Iuchkiévitch semelhantes questões de "materialismo pequeno-burguês"?

Dizem que os marinheiros trazidos de Petersburgo para cá se endiabraram por completo com a bebedeira, a cocaína, a arbitrariedade. Bêbados, vão para cima dos prisioneiros da Tcheká sem mandato da chefia e matam quem aparecer na frente. Há pouco tempo foram matar uma mulher e um bebê. Ela implorou que a poupassem, pelo bebê, mas os marinheiros gritaram: "Não se preocupe, ele também vai ganhar!" – e atiraram nele também. Para se divertir, soltam os prisioneiros no pátio, mandam-nos correr enquanto atiram, errando a mira de propósito.

11 DE JUNHO

Ao acordar, de um jeito especialmente nítido, sóbrio e com pavor, compreendi que estou simplesmente morrendo, estou física e espiritualmente morrendo desta vida. E sabe lá o diabo por que eu tanto escrevo, por que basicamente anoto o que me vem na cabeça, feito um louco... Mas, por outro lado, que diferença faz?

Mal pude esperar o jornal. Tudo vai muito bem:

"Nós abandonamos Bogutchar... Estamos 120 verstas a oeste de Tsarítsyn... O *carrasco* Koltchak está fazendo coligação com Deníkin..."

E de repente:

"*O opressor dos trabalhadores*, Gríchin-Almázov, suicidou-se... Num jornal ferroviário, Trótski anuncia que nosso encouraçado capturou no mar de Azov um navio a vapor, no qual o conhecido membro do Centúria Negra e facínora Gríchin-Almázov estava levando a Koltchak uma carta de Deníkin. Gríchin-Almázov se deu um tiro."

Uma notícia terrível. E, no mais, hoje é um dia de muita ansiedade. Dizem que Deníkin teria conquistado Feodóssia, Aluchta, Simferópol, Aleksándrovsk...

Quatro horas

A paz com os alemães foi assinada. Deníkin capturou Khárkov.

Eu compartilhei a alegria com o zelador, Fomá. Mas ele é pessimista:

— Não, senhor, essa história não vai acabar nisso aí. Ainda mais agora.

— Como assim? E, na sua opinião, quando é que vai acabar?

— Quando? No Dia de São Nunca. Agora esses pestes

ficaram mais fortes. E não é que os soldados vermelhos estão dizendo que "toda a desgraça vem dos judeus, eles são todos comunistas, enquanto todos os bolcheviques são russos". Já eu acho que esses soldados vermelhos aí é que são a raiz de todo esse mal. São todos uns *iarýgui*[128], são todos bandidos. Pensa só o senhor quantos não estão fora da toca agora! E como debocham dos civis! Você anda pela rua e de repente: "Camarada, cidadão, que horas são?". E o pobre, de burrice, tira o relógio e deixa escapar: "Duas e meia". "Como, seu filho da mãe, como são duas e meia se, pelo nosso horário, pelo horário soviético, agora são cinco? Então você é pelo antigo regime?". Arranca o relógio e, paf!, direto no chão! Que nada, ficou bem mais forte. E todos os outros, mais fracos. Veja como aqueles senhores e aquelas damas, antes distintos, passaram a andar na rua: eles, vestidos com o que tiver, colarinho amassado, barba por fazer; as damas, sem meia-calça, pés sem meia nenhuma, carregando baldes d'água pela cidade inteira. Não estão nem aí. E eu falo por mim mesmo: agora, vivo esperando alguma coisa, não dá vontade de fazer é nada. Nem parece que o verão chegou.

Deus assinala os canalhas. Já na Antiguidade havia o ódio generalizado contra os ruivos de maçãs do rosto salientes. Sócrates não podia nem ver os pálidos. E a antropologia penal contemporânea determinou: a grande quantidade dos assim chamados "criminosos natos" possuem rosto pálido, zigomas grandes, mandíbula inferior grosseira, olhos profundamente assentados.

---

128 Representantes da camada social mais inferior na Rússia medieval.

Depois disso, como não se lembrar de Lênin e milhares de semelhantes? (Além disso, a antropologia criminal também nota entre os criminosos natos e, em particular, entre as criminosas, um tipo extremamente oposto: a bonequinha, o rosto "angelical", por exemplo, do tipo que Kollontai já teve, numa outra época.)

E quantos rostos brancos, de pômulos salientes, com traços assimétricos demais não há em meio aos soldados vermelhos e, no geral, ao povo russo comum? Quantos não possuem tendências fortemente mescladas ao atavismo mongol? São todos muromianos, tchudes de olhos brancos[129]... E é justamente deles, desses mesmos russos da antiguidade, que desde tempos imemoriais são conhecidos por seus traços *antissociais*, que deram tantos "bandidos audazes", tantos vagabundos, fugitivos e depois espertalhões, vadios e, diga-se de passagem, foi deles que aliciamos a beleza, o orgulho e a esperança da revolução *social* russa. Como se surpreender com o resultado?

Turguêniev repreendeu Herzen: "O senhor se curva diante de um *túlup*[130], vendo nele grande bem-aventurança, novidade e originalidade das formas futuras". Novidade das formas! Eis a questão, pois cada revolta russa (e em particular a de agora) antes de mais nada prova o quanto tudo está *velho* na Rus e o quanto ela está sedenta de *caos*. Desde o princípio dos tempos havia os "pequenos bandidos" de Múrom, Briánsk, Sarátov, fugitivos, vagabundos, revoltosos contra todos e tudo, *iarýgui*, bêbados das tabernas, falsos santos, semeadores de todos

---

129 Os povos muromianos e tchudes habitavam as regiões eslavas que formariam a Rússia e resistiram à cristianização que culminou na formação do Estado russo, por volta do século IX.
130 Casaco típico camponês de pele de ovelha e gola alta. O termo é usado, também, para referir-se a uma pessoa tola e ignorante.

os tipos de mentira, esperanças irrealizáveis e o escarcéu. A Rus é um clássico país desordeiro. E nela havia ainda o homem santo e o construtor, que criou uma fortaleza alta, embora cruel. Porém, numa luta tão longa e incessante, esses bandidos espalhavam desordem, destruição, com tudo o que é subversão, confusão, "baderna e absurdo" sanguinários!

A antropologia criminal chama atenção para os criminosos ocasionais: aqueles que acidentalmente cometeram um crime, "pessoas estranhas devido aos seus instintos sociais". Mas ela diz que os criminosos natos, do tipo instintivo, já são outra coisa. Eles são sempre como crianças, como animais, e seu sinal mais importante, mais determinante, é a sede de destruição, do *antissocial*.

Pegue uma criminosa, uma moça. Na infância, ela é pertinaz, dada a caprichos. Desde a adolescência começa a aparecer de forma ostensiva o desejo de destruição: ela rasga livros, quebra louças, ateia fogo em seus vestidos. Ela lê muito e avidamente sua leitura favorita – romances passionais e complicados, aventuras perigosas, feitos cruéis e audaciosos. Enamora-se do primeiro que aparece, apegada a tolos instintos sexuais. E é sempre extraordinariamente lógica nos discursos, hábil em atribuir uma atitude sua aos outros, mente com tanto descaramento, confiança e exagero que paralisa a dúvida daqueles a quem mente. Pegue um criminoso, um jovem. Hospedava-se na datcha de parentes. Quebrava as árvores, arrancava o papel de parede, batia em vidros, profanava emblemas religiosos, desenhava porcarias em todos os lugares. "Antissocial típico…" E há milhares de exemplos como esses.

Nos tempos de paz, esquecemo-nos de que a paz está repleta desses degenerados, só que, nos tempos de paz, eles estão nas cadeias, nos manicômios. Mas então chega a época em que o "povo soberano" triunfa. As portas das cadeias e dos manicômios se abrem, os arquivos do departamento de interrogatórios são queimados – começa a bacanal. A bacanal russa supera todas as que a antecederam – e espanta bastante, chegando a afligir até mesmo aqueles que, por muitos anos, chamavam para o penhasco de Stienka Rázin para ouvir "aquilo que Stepan pensava"[131]. Que estranho espanto! Stepan não podia pensar sobre o social, Stepan era um "nato" – e dessa mesma linhagem desalmada, com a qual, é bem possível, espera-se uma nova *longeva* luta, na verdade.

Do verão de 1917, eu lembro como se fosse o começo de uma grave doença, quando você já sente que está doente, que a cabeça está queimando, os pensamentos confusos e aquilo que te circunda adquire proporções horríveis, mas você ainda se segura em pé e está à espera de algo, numa pressão quente de todas as forças corporais e espirituais.

E no final desse verão, abrindo uma vez o jornal pela manhã, como sempre, com mãos amedrontadas, eu de repente percebi que empalidecia, que meu corpo estava se esvaziando, como acontece antes de um desmaio: com letras enormes golpeou-me os olhos o grito histérico: "A todos, a todos, a todos!" – o grito de que Kornílov é um "amotinador, traidor *da revolução* e da pátria...".

E depois veio o 3 de novembro.

O Caim da Rússia, que com frenesi louco-alegre havia jogado por trinta moedas toda a sua alma aos pés do diabo, triunfava por completo.

Moscou, após uma semana inteira sendo defendida por um punhado de *kadets*, após uma semana inteira se

---

131 Búnin cita uma canção popular.

ardendo e estremecendo com as canhoadas, rendeu-se, conformou-se.

Tudo se acalmou, todos os obstáculos, todos os postos divinos e humanos caíram – os vencedores tomaram posse deles livremente, de cada rua sua, de cada morador seu, e seu estandarte já tremulava sobre seu baluarte e santuários, sobre o Kremlin. E não houve um só dia em toda a minha vida mais horroroso do que esse – e tenho Deus como testemunha!

Depois de uma semana aprisionado entre quatro paredes, sem ar, quase sem dormir ou comer, cercado por paredes e janelas entrincheiradas, eu saí cambaleando de casa, já três vezes arrombada por bandos de "combatentes do futuro iluminado" que, em busca de armas e inimigos, atiraram-se com toda a força contra a porta, completamente embriagados de vitória, aguardente e de um ódio arquibestial, com lábios ressequidos e olhares selvagens, com aquele excesso risível de portar todo tipo de arma, tal como se consagram, pelas tradições, todas as "grandes revoluções".

Anoiteceu o dia curto, escuro, gélido e úmido de final de outono, os corvos gritavam estridentes. Moscou, desventurada, suja, desonrada, alvejada e já rendida, acatava um aspecto rotineiro.

Os cocheiros de novo andavam, de novo fluía a gentalha moscovita triunfante pelas ruas. Uma velhota miserável de olhos de um verde enfurecido e veias saltadas no pescoço gritava para toda a rua:

— Caros camaradas! Batam neles, castiguem, afoguem todos!

Eu fiquei parado, olhando – e a custo caminhei de volta para casa. E, de madrugada, estando só, sendo por natureza não muito inclinado às lágrimas, finalmente me pus a chorar e chorei com lágrimas tão terríveis e abundantes que nem eu pude acreditar.

E, depois, também chorei na Semana da Paixão, já não mais sozinho, mas com muitos e muitos que se reuniram em noites escuras, em meio à escura Moscou, com sua fortaleza, o Kremlin, hermeticamente trancafiada, por antigas igrejas escuras, escassamente iluminadas pela luz das velas, e com pessoas que haviam chorado durante a amarga e passional canção: "Com a onda do mar... do perseguidor, do tirano que se esconde sob as águas..."[132].

Quanta gente então foi à igreja, gente que nunca antes estivera nelas, quantos choravam sem nunca ter chorado!

E, depois, chorei com lágrimas e dor cruel, e que doloroso entusiasmo ao deixar para trás toda a Rússia e toda a minha vida anterior, ao transpor a nova fronteira russa, a fronteira de Órcha, sentindo que havia escapado daquele mar de selvagens desventurados que lá se despejara aos gritos, após perderem qualquer traço humano, barulhentos, com certo desgarramento passional, e que inundavam nada menos que todas as estações de trem, começando bem em Moscou e indo até Órcha, cujas plataformas todas e todos os caminhos estavam literalmente submersos em vômito e excrementos...

13 DE JUNHO

É, a paz foi assinada. Será que nem agora vão pensar na Rússia? E já é de fato assim: "Lute, aquele que crê em Deus!"[133]. Num grito desenfreado de ajuda, dezenas inteiras de milhões de almas russas oram. Será que não interferirão em nossos "assuntos internos", será que

---

132 Um dos hinos cantados na Semana Santa.
133 Em ucraniano no original. Búnin cita verso do poema "Eneida" (1798), de Ivan Kotliariêvski (1769-1838).

não irromperão finalmente em nossa desafortunada casa, onde um gorila enlouquecido já literalmente se sufoca em sangue?

15 DE JUNHO

Jornais especialmente exaltados: "Uma quadrilha de bandidos pegou a Alemanha pelo pescoço! Às armas! Mais um instante e um vulcão entrará em erupção, a bandeira vermelha do comunismo começará a florir e a ondular sobre todo o mundo! Mas o momento é grave... Que soe o alarme! Nada de *futrica!*".

No *Comunista*, de Kiev, há um excelente discurso de Búbnov "sobre a fuga sem precedentes, em pânico e vergonhosa, do Exército Vermelho perante Deníkin".

16 DE JUNHO

"Khárkov caiu sob a *avalanche* do carrasco tsarista Deníkin... Ele lançou contra Khárkov uma *horda de hunos em dragonas de ouro, bestiais de tão bêbados*. Essa horda selvagem, parecida com uma nuvem de gafanhotos, move-se sobre o país atordoado, destruindo tudo o que foi batalhado com o sangue dos melhores guerreiros de um futuro iluminado. Os empregados e servos da manada imperialista levam ao povo trabalhador forças, carrascos, gendarmes, trabalhos forçados, sombria escravidão..."

Na realidade, como isso se difere de toda a nossa "literatura" revolucionária? Para os diabos com eles. Estou tão feliz que me dá até calafrios...

E a "eliminação do bando de Grigóriev" ainda "continua".

17 DE JUNHO

Na rua Deribássovskaia há um novo cartaz: uma xilogravura de um mujique segurando um machado e um operário com uma picareta, ambos golpeando furiosamente a careca de um general fedelho, de pernas desesperadamente abertas, atravessado de ponta a ponta pela baioneta de um soldado vermelho que corre; legenda: "Desce o cacete, minha gente!". Isso é mais um trabalho do DirPolit. E, na porta desse mesmo estabelecimento, encontrei-me com S. Iuchkiévitch, que saía de lá e me disse *com indiferença* que Khárkov foi conquistada de volta pelos bolcheviques.

Caminhei feito bêbado para casa.

Madrugada

Estou mais calmo. Todos têm certeza de que isso é um delírio, Khárkov conquistada de volta. Como se não bastasse, dizem que Deníkin capturou Ekaterinoslav e Poltava, que os bolcheviques evacuaram Kursk, Vorónej e que Koltchak rompeu o front na direção de Tsarítsyn, que Sebastopol está nas mãos de ingleses (desembarcaram 40 mil homens).

À noite, no bulevar. A princípio, sentei-me com a esposa e a filha de S. I. Varchávski. A filha lia. É escoteira. Responde às perguntas prontamente, curta e grossa, como com frequência ocorre nessa idade. A foice rósea da lua nova no céu de pôr do sol, suave atrás do palácio de Voróntsov, no céu pálido, terno e um tanto esverdeado, de semblante tão doce, uma garota que lê avidamente e a refutação dos boatos bolcheviques sobre Khárkov — tudo me toca dolorosamente.

Contaram o seguinte: quando os alemães chegaram a Odessa no ano passado, os "camaradas" logo começaram a pedir a eles autorização para realizar bailes até o amanhecer. O comandante alemão encolheu os ombros, com menosprezo: "A Rússia é surpreendentemente estranha! De onde vem tanta alegria assim?".

18 DE JUNHO

"Último combate desesperado! Todos em seus lugares! As nuvens negras estão cada vez mais densas, o grasnar do corvo negro está cada vez mais alto!" – e assim por diante.

Em Kiev, houve uma comunicação de *Rakóvski* sobre a situação internacional: "A revolução conquistou o mundo todo... Os predadores estão se engalfinhando pela caça... Nós afogaremos em sangue a contrarrevolução na Hungria!". E mais adiante: "Vergonha! Em Khárkov *quatro* soldados de Deníkin causaram pânico indescritível entre os nossos *numerosos escalões!*". E coroando tudo: "*A queda de Kursk será a morte da revolução mundial!*".

Acabo de vir da feira. Um vagabundo corre de um lado para outro, nas mãos uma edição extraordinária do jornal: "Pegamos de volta Belgorod, Khárkov e Lozóvaia!". Literalmente, minha vista pretejou e eu por pouco não caí.

19 DE JUNHO

Ontem, na feira, houve momentos em que senti que podia cair. Isso nunca aconteceu comigo. Seguiu-se um embotamento, uma aversão a tudo, uma total perda do gosto de viver. Depois, almoço na casa de Schépkina-Kupernik.

Lá estavam Lourié e Kaufmann. Ninguém acredita no telegrama, publicaram-no por ordem do ComExe[134], por insistência de Feldman. Comprei o telegrama para refletir sobre cada palavra. E cada palavra corta, como faca, transtorna a alma: "O Boletim de Notícias do Conselho de Operários, de Camponeses e Deputados Soldados Vermelhos de Odessa. As tropas vermelhas *recuperaram* Khárkov, Lozovaia e Belgorod. Por linha direta em 18 de junho, a uma e trinta e cinco, chegou de Kiev a feliz notícia: Khárkov, Lozovaia e Belgorod foram desocupadas pelos *bandos* do Exército Branco, que fugiram *em pânico*. O destino de Deníkin está decidido! Em Kursk predomina o júbilo do proletariado. A mobilização ocorre com ânimo inédito. Em Poltava, o entusiasmo...". Assim, a vitória já ocupa 500 verstas.

"O entusiasmo em Poltava" deve mostrar que a cidade está inteira e preservada. Mas há boatos totalmente diferentes: Kamíchin, Romodan, Nikopol foram tomadas pelos nossos.

Ainda assim, hoje acordei às sete, comprei os jornais e todos são unânimes: "Os boatos que circularam sobre a tomada de Khárkov, Lozovaia e Belgorod ainda não foram confirmados...". Não acreditei nos meus próprios olhos, de tanta alegria.

Antes do almoço, os Rosenberg estiveram aqui. Que aberração! Estão completamente serenos, "ainda não foram confirmados..." mesmo, ótimo...

---

[134] Comitê Executivo.

20 DE JUNHO

"A oeste, ondas da revolução se agitam... Deníkin carrega consigo as correntes da escravidão faminta... Com sua vinda enlouquecida, os bandos do Exército Branco enfurecem *o terror insano e desumano*... O proletariado indefeso foi entregue a um bando feroz para ser saqueado... *É preciso esmagar*, sem misericórdia, com a mão calejada, os *vermes* contrarrevolucionários no front e também na retaguarda... O terror implacável é necessário contra a burguesia e contra os canalhas brancos, traiçoeiros, conspiradores, espiões, frouxos, aproveitadores... É preciso despojar dos burgueses o excesso de dinheiro, de roupas, é preciso torná-los reféns!"

Tudo isso, junto com a "mão calejada" que deveria "esmagar *vermes*", já não é dos jornais, mas da convocação do "Compopassint da República Soc. Sov. da Ucr."[135].

Na cidade, os muros dos prédios são só convocações. Também neles, e nos jornais, é uma bobagem encarniçada, que testemunha o verdadeiro terror desses monstros.

"Nós deixamos Konstantinograd... Khárkov foi tomada por *um bando de vagabundos... A tomada de Khárkov não deu os resultados que Deníkin esperava*... Nós deixamos Korótcha... Nós abandonamos Líski... *O inimigo nos empurrou mais a oeste de Tsarítsyn*... Nós expulsamos Koltchak, *que está em pânico*... O governo romeno se revira em seus últimos momentos de agonia... Na Alemanha, a revolução está no ápice... *Na Dinamarca*, a revolução adquire proporções ameaçadoras... Na Rússia do Norte, estão se alimentando de aveia e musgo... No estômago dos trabalhadores que estão caindo e morrendo pelas ruas

---

[135] Respectivamente, siglema de Comitê Popular de Assuntos Internos, e abreviação da República Soviética Socialista da Ucrânia.

encontram pedaços de cobertor, fragmentos de pano...
Socorro! O relógio bateu a última hora! Nós não somos predadores, não somos imperialistas, nós não damos importância ao fato de cedermos territórios ao inimigo..."

Os versos do *Izvestia*:

Camaradas, o cerco já está se apertando!
Aqueles que nos são fiéis, às armas!
A casa está ardendo, ardendo!
Irmão, *a casa toda está em chamas, incendeia* –
Deixem seus potes com o almoço!
Será que ainda se importam em encher o bucho, camaradas?
O sangue querido se esvai!
Ei, alarme, ressoe!

No que diz respeito ao "pote com almoço", a coisa está feia. Aqui, pelo menos, a cabeça vive rodando por causa da desnutrição. Na feira, há multidões vendendo coisas velhas, sentadas diretamente nas pedras, no esterco, e só aqui e ali há um punhado de legumes e batatas podres. A colheita ao redor de Odessa, neste ano, foi francamente bíblica. Mas os camponeses não querem carregar nada, o leite, eles dão de beber aos porcos, abobrinhas ficam espalhadas no chão, pois não querem carregá-las...

Agora, estamos de novo a caminho do jardim episcopal, aonde temos ido com frequência, pois é o único lugar limpo, tranquilo em toda a cidade. A vista de lá é atípica de tão triste: um país completamente morto. Há muito que o porto borbulhava de gente e riqueza. Agora ele está vazio, não há vivalma, tudo é triste, restam algumas pessoas no cais, tudo enferrujado, descascado, desgastado, enquanto em Peresip[136] destacam-se as cha-

---

136 Subúrbio de Odessa.

minés das fábricas, extintas faz tempo. E, não obstante, o jardim é divino, desabitado e quieto. Com frequência entramos na igreja e, a cada vez, o cântico nos arrebata até as lágrimas, assim como as reverências dos eclesiásticos, o incensário, todo esse esplendor e compostura, todo esse mundo de bondade e misericórdia, onde há consolo na brandura, paz a quaisquer dores terrenas. E pensar que, antes, as pessoas do meio ao qual eu parcialmente pertencia só iam à igreja nos funerais! Morreu um membro da redação, o chefe de estatística, um colega da universidade ou do degredo... E, na igreja, o tempo todo só havia um único pensamento, um sonho: sair ao átrio para fumar. E o morto? Deus! Como não havia nenhuma relação entre toda essa vida anterior e essas exéquias, essa fita deitada sobre a testa óssea de cor azeda?!

*

P.S.: Aqui se interrompem as minhas notas de Odessa. As folhas seguintes eu enterrei tão bem que, antes de fugir de lá, no final de janeiro de 1920, não houve meios de encontrá-las.

Posfácio
MÁRCIA VINHA

Em 1925, o jornal russo *Vozrojdiênia* (Renascimento) abria sua primeira edição com um texto impactante de um premiado autor que, em 1933, seria consagrado com o Nobel de Literatura. O periódico, editado em Paris, inaugurava a série de folhetins *Dias malditos*, que se estenderia até 1927 – e só sairia em livro dez anos depois, em 1936, pela editora russa Petropólis, sediada em Berlim. De autoria do refugiado russo na França Ivan Aleksiêievitch Búnin (1870-1953), o folhetim ataca de maneira inclemente a Revolução Russa de 1917. Criado a partir de anotações de seu diário, o texto de Búnin espelhava o modo de pensar dos contrarrevolucionários, refletindo uma visão não só política, mas pós-traumática. Já então ele previa o fim da União Soviética (URSS), que apenas nascia, e que viria a cair formalmente em 1991. O objetivo de seus folhetins, como da maioria da imprensa russa que florescia no exterior, era denunciar a perseguição e violência com que os bolcheviques haviam implementado o seu sistema. Sua pena era uma arma de combate. Para o historiador da literatura Roman Timenchik, *Dias malditos* se tornou a obra mais influente do pensamento russo recente.

As anotações de Búnin compõem uma narrativa que se desenvolve entre 1918 e 1919, durante a guerra civil russa (1917-1921), e aborda seu dia a dia primeiramente em Moscou e, depois, em Odessa. A atual cidade ucraniana, que antes era parte do Império Russo, concentrava então uma quantidade nunca antes vista de intelectuais e artistas russos. A tomada do poder pelos bolcheviques e as conseguintes mudanças explicariam a fuga de Búnin do interior da Rússia para Moscou, de Moscou para Odessa e desta para a França. Um movimento que reflete o deslocamento forçado de cerca de 10 milhões de refugiados – número sobre o qual não há consenso, mas sabemos se tratar de milhões.

Criado a partir de notas de diário, recortes de jornal, folhetins já publicados e ocorrências cotidianas, *Dias malditos* pode ser lido como um registro documental dos horrores da guerra: pogroms, fuzilamentos em massa, fome, medo, ansiedade, perda de identidade, risco de morte, inanição, condições hibernais, enfim, aniquilamento físico e psíquico. As históricas mudanças demográficas, políticas e linguísticas – de complicada tradução – também encontram, aqui, um registro singular.

Búnin, fiel a seu compromisso com a liberdade artística, recusou-se a destruir seus próprios escritos, considerados subversivos, e os escondeu na mala rumo ao exílio, revisitando-os anos depois para escrever seus folhetins. Semelhantes notas, se encontradas, resultariam no fuzilamento imediato do autor, executado pelos membros da polícia política, a Tcheká, uma das personagens principais de *Dias malditos*, então com capilaridade estratégica na Rússia. A instituição viria a ser uma figura onipresente na literatura sobre os gulags.

Embora possa ser visto como literatura documental, esta, como todas as grandes obras, escapa à categorização. Nela, Búnin deixa um legado artístico ímpar, abraçando um estilo declaradamente moderno e inovando no gênero criado. Em torno de sua literariedade e seu documentalismo, aliás, gira o debate mais acirrado dos círculos de estudos buninianos. Isso porque o formato de publicação escolhido por Búnin para lançar essas que eram originalmente meras anotações foi o folhetim, um gênero caracterizado pela simplicidade da forma e diversidade de conteúdo com grande alcance de leitores. Nele, cabiam temas do cotidiano, piadas, apontamentos morais, fofoca e crítica. Na Rússia tsarista, os folhetins eram tanto guias culturais quanto verdadeiros fóruns de opinião pública. Ao publicar folhetins escritos como se fossem um caderno de anotações organizado por datas, Búnin funde dois gêneros, dando-lhes o aspecto de diário, o gênero mais popular da diáspora russa nos anos 1920. Editor detalhista e revisor obsessivo, ao reunir, dez anos depois, essas publicações no décimo volume de suas obras completas, ele reorganiza os folhetins, insere trechos e apaga outros, o que não deixa dúvidas sobre o trabalho literário por trás dessa obra documental.

*

Nascido em 1870 em Vorónej, no seio da nobreza rural russa, Búnin acompanhou, com a família, o declínio de sua classe, devido à recente emancipação dos servos. Logo, desde cedo ele vivenciou problemas financeiros graves. Com dificuldades, frequentou brevemente o colégio, tendo seu irmão, Yuli Búnin, sido encarregado de sua formação escolar. Com 19 anos, começou a trabalhar no jornal local *O Mensageiro de Oriol* e em 1891 publicou sua primeira coletânea de versos.

Na virada do século, Búnin consolidou sua atuação literária ganhando dois prêmios Púchkin da Academia Imperial Russa: um pela tradução do poema épico

"O canto de Hiawatha", de Henry Wadsworth Longfellow, e outro pela coletânea de poesia *O desfolhar* (*Listopad*). Publicado por Górki e Briússov numa época de efervescência das vanguardas literárias, Búnin conservou-se um expoente do verso clássico, influenciado por Púchkin e Tiútchev na poesia e, na prosa, por Tolstói e Tchékhov, de quem foi amigo próximo. Assim, manteve-se à parte dos movimentos literários engajados politicamente, motivo pelo qual era visto como conservador em meio aos artistas, numa época de polarização política.

Sua hesitação em assumir um lado publicamente e infundir tal visão no próprio sistema literário resolveu-se durante os anos da guerra civil russa: ameaçado pela perseguição política bolchevique, Búnin decidiu cooperar com os brancos, sem se vincular, contudo, à extrema direita antissemita. A obra *Dias malditos* narra esse período de sua vida, enquanto descreve o seu deslocamento forçado, que culminaria com a saída do país e a mudança de identidade. Búnin não seria mais o escritor renomado, porém um homem de meia-idade, mais um dos 10 milhões de refugiados russos sem desenvoltura no idioma de seus anfitriões, sem direitos de trabalho e sem documentos válidos. Uma bolsa destinada ao amparo de escritores russos o ajudaria nos primeiros anos de exílio, bem como a generosidade de amigos já estabelecidos na França. Tal mudança repentina de identificação social viria a marcar todas as suas obras posteriores, pois elas invariavelmente abordam a separação como uma experiência involuntária, que interrompe uma narrativa promissora. Nela, a figura amada e a pátria geralmente são personagens fundidas. Considerando sua trajetória de êxito – ou validação social – para um escritor de origem empobrecida, sem educação formal e sem pertencer a um círculo originário e original de artistas, a fuga forçada da Rússia bolchevique equivale à morte. Não é à toa que a última imagem do livro reproduz seu diário – sua vida – enterrado no solo russo. A busca infrutífera do autor pelas suas anotações no final transmitem, ainda, que não se sabe o local da vala em que a identidade de Búnin está enterrada. Logo, a imagem representa não apenas sua morte no país natal, mas também o desaparecimento daquilo que preservaria sua memória em solo pátrio. Eis o que consolida este como um relato de trauma e também uma narrativa artística, que narra uma dor inenarrável. Portanto, a própria obra consiste numa tentativa de se criar uma memória, já que Búnin tem em mente o "historiador do futuro".

Por seu apego à natureza e também por questões financeiras, Búnin estabeleceu residência no sul da França e dedicou-se a traduzir sua obra para diversos idiomas. Ao mesmo tempo, ele publicaria em jornais russos de direita, editados no exterior, tornando-se uma das vozes mais estridentes da comunidade de exilados. Em 1933, após uma campanha de dez anos, ele se tornou o primeiro russo a ganhar o prêmio Nobel de Literatura, ocorrência de profundo significado para a diáspora russa, composta de apátridas ainda invisíveis por legislações e até indesejados por muitos.

Visto como um mestre da narrativa curta, sua obra foi admirada por diversos escritores, adaptada para o cinema, e hoje consta no currículo escolar nacional russo. Dentre os contos que mais se destacam, convém citar "As maçãs de Antónov" (1900), "O senhor de São Francisco" (1915), "Respiração suave" (1916), "O amor de Mítia" (1925) e "O processo do tenente Ieláguin" (1926), todos com tradução para o português. Convém citar o célebre romance *A vida de Arsiéniev* (1930, inédito em português) e a coletânea de contos *Aleias escuras* (1943), escrita durante o governo Vichy na França, ao qual Búnin se opôs ferozmente. O escritor chegaria a passar fome pelas privações impostas em decorrência de sua recusa a colaborar com a mídia nazista. Seu êxito mundo afora, afinal, não se traduziria em conforto ou segurança, já que os direitos autorais relativos às traduções eram ainda inexistentes. Empobrecido, Búnin faleceu em Paris, em 1953, por problemas pulmonares.

*

Dias malditos, enquanto obra única, só ganhou essa forma depois da morte de Búnin e da queda da URSS. Como a obra denunciava práticas abusivas dos líderes soviéticos, ela foi proibida no país mesmo quando Búnin já era parcialmente publicado por lá, no final da década de 1950. Assim, ela só alcançou seu público-alvo original 65 anos depois de ter sido escrita. Isso ocorre porque o autor, consagrado na Rússia pré-revolucionária, sofreu um violento apagamento de sua imagem no país natal. Visto, legitimamente, como tradicional demais numa época em que a arte se voltava à política e o experimentalismo fulgurava com nomes engajados, como os de Aleksandr Blok, Maksim Górki e Vladímir Maiakóvski, seus livros foram retirados das bibliotecas e destruídos pouco depois que os bolcheviques se firmaram no poder. Convém recordar que a breve menção a ele, como "um grande escritor" russo, resultou a Varlam Chalámov uma extensão de dez anos em sua pena nos gulags, os campos de concentração soviéticos, na década de 1930.

Com tal apagamento, a Rússia contemporânea recebeu *Dias malditos* pela primeira vez em 1989, graças ao pesquisador Roman Timenchik, professor emérito da Universidade Hebraica de Jerusalém. Segundo ele, a obra é um patrimônio cultural por retratar o povo na contramão do que exigia a tradição literária soviética, a qual o concebia como herói, como parte de uma contínua propaganda política. Logo, a visão de Búnin atendeu a uma carência do leitor pós-soviético por uma visão mais completa, fidedigna até, de sua identidade nacional. No Brasil, a obra começou a ser discutida no início dos anos 2000, por intermédio da pesquisadora e professora da Universidade de São Paulo Elena Vássina, que havia vivenciado o retorno da obra à Rússia, seu país natal. Por sua iniciativa, o diário de Búnin, até agora inédito no Brasil, ganha esta primeira tradução, fruto de oito anos de pesquisas literárias, linguísticas, culturais, cotejos e inúmeras revisões.

Com mais de quarenta edições em menos de uma década, a influência de *Dias malditos* na formação política e humanística do pensamento russo atual é única. Dando continuidade a uma tradição marcada por Aleksandr Púchkin, Búnin retrata o povo como anti-herói: tacanho, ele agride a arte, desconhece a história, confunde opressão política com liberdade, destrói o civilizado e adora falsos profetas, contaminando-se mutuamente.

*

O que viria a ser conhecido no exterior como Revolução Russa, ou Revolução de Outubro, para os russos, é também chamado de golpe de Estado por muitos que estudam o tema, e essa é a visão hoje predominante entre estudiosos da Rússia pós-soviética, entre eles alguns brasileiros. A diferença na denominação revela um choque de percepções que merece atenção, sobretudo dos leitores atuais de Búnin, pois sua narrativa explora justamente o que há entre o mitificado e o execrado.

Ponderar Búnin é fazer uma leitura nem tanto ao céu nem tanto à terra. O que essa obra inestimável nos oferece tem valor justamente por nos dar a oportunidade de irmos além dos extremos a que podemos ser tragados.

Sejamos cuidadosos com leituras de sobrevoo, já dizia o crítico e professor Alfredo Bosi. A literatura russa do exílio — fundada por essa primeira onda migratória de escritores e, hoje, tristemente revigorada em sua quinta onda — foi então caracterizada por compreender a revolução como uma guerra santa perdida. Tal percepção apocalíptica dos eventos era uma característica da visão de mundo russa do início do século XX, tendo assumido lógica igual na URSS, embora com outra roupagem. Ora, se Búnin, contrário à revolução, engaja-se em delatar uma violência institucionalizada e até sádica, isso se explica, em parte, porque o pensamento de então exigia, como ponto de partida, uma lógica binária de apoio ou recusa aos bolcheviques, apesar das suas diversas vertentes políticas existentes. Ainda, se a crueldade teve como propulsão o ressentimento de uma maioria da população, cujas vozes foram desprezadas pelas classes governantes, o relato do escritor carrega um poderoso alerta, sobretudo para aqueles que ainda não se convenceram de como é grave, se não patológico, tomar as grandes diferenças sociais como algo natural.

Búnin nos mostra que o sentimento de indignação que veio com a aquisição de consciência de classe pelas massas trabalhadoras foi habilmente propalado pelos seus líderes mais para um revanchismo e menos para a igualdade e fraternidade defendidas em slogans. Qual um etnógrafo, o autor nos detalha como o ressentimento — historicamente justificado — foi manipulado para colocar em prática uma desforra apenas aparentemente consciente. Atento aos instrumentos que mobilizam a fé coletiva e ao papel da imprensa e propagandas políticas disfarçadas, o livro nos apresenta o dia a dia da implementação do Terror Vermelho, que consolidou, com terrorismo, o governo bolchevique.

MÁRCIA VINHA tem graduação e mestrado em literatura e cultura russas pela Faculdade de Filosofia, Letras e Ciências Humanas da USP, onde lecionou cursos de russo e de literatura. É doutora em letras pela Universidade Hebraica de Jerusalém, Israel. A tradução de *Dias malditos* faz parte de sua pesquisa sobre a literatura russa do exílio e a representação do trauma coletivo em obras literárias do período, orientada pelo professor Roman Timenchik.

Índice onomástico

ADRIÁNOV, Aleksandr Aleksándrovitch (1862-1918?) – general do Exército Branco. [31, 35]
AKSÁKOV, Ivan Serguêievitch (1823-1886) – célebre editor e poeta eslavófilo. [122]
ALEKSÊIEV, Mikhail Vassílievitch (1857-1918) – general, um dos fundadores do Exército Branco. [34]
ANDRÊIEV, Leonid Nikoláievitch (1871-1919) – escritor. [10, 98, 99]
ANTÓNOV-OVSÉENKO, Vladímir Aleksándrovitch (1884-1939) – revolucionário, político e comandante do Exército Vermelho na Ucrânia. [112]
AUSLENDER, Serguei Abramovitch (1886-1937 [43?]) – escritor, morreu por perseguição política. [21]

BAKH, Aleksei Nikoláievitch (1857-1946) – acadêmico, membro do grupo terrorista pré-revolucionário Vontade do Povo. [47]
BALABÁNOVA, Anjelica Issákovna (nome de solteira: Roizman; 1878-1965) – socialista russo-italiana. Conhecida também como Balabanoff. [147]
BARMACH, Vladímir Vladímirovitch (1879-?) – anarquista, agrônomo. [35]
BÁTIUCHKOV, Konstantin Nikoláievitch (1787-1855) – poeta romântico. [70]
BOGDÁNOV (MALINÓVSKI), Aleksandr Aleksándrovitch (1873--1928) – revolucionário, filósofo, economista. [160]
BRÉCHKO-BRECHKÓVSKAIA, Ekaterina Dmítrievna (1844-1934) – líder socialista revolucionária, emigrou em 1919. [137]
BRONSTEIN – ver TRÓTSKI. [27]
BÚBNOV, Andrei Serguêievitch (1884-1940) – revolucionário atuante, um dos organizadores do programa de erradicação do analfabetismo na URSS, condenado à pena capital em 1938. [180]

BUDBERG, Aleksei Pávlovitch von (1869-1945) – tenente-general do Exército Branco. [38]
BUKOVIÉTSKI, Evguiêni Ióssifovitch (1866-1948) – artista plástico, retratista, proprietário do apartamento alugado por Búnin em Odessa e amigo do escritor. [118]
BULGÁKOV, Valentin Fiódorovitch (1886-1966) – escritor, secretário do conde Liév Tolstói. [98]
BÚNIN, Iúli Aleksêievitch (1857-1921) – jornalista, pedagogo, *naródnik*, irmão de Ivan Búnin. [16, 17, 32, 33, 54, 113, 170]

CHKLIAR, Nikolai Grigórievitch (1876-1952) – escritor. [37]
CHMELIÓV, Ivan Serguêievitch (1873-1950) – escritor. [23]
CHPITÁLNIKOV, David Lázarievitch (pseudônimo de D. L. Tálnikov; 1886-1961) – crítico literário e teatral. [114]
CLEMENCEAU, Georges (1841-1929) – médico e jornalista, foi primeiro-ministro da França (1906-1909). [53, 85]
COUTHON, Georges Auguste (1755-1794) – um dos líderes jacobinos durante a Revolução Francesa. [134, 135, 157-159]

DAVÝDOV, Nikolai Vassílievitch (1848-1920) – advogado, escritor, amigo de Liév Tolstói. [50]
DENÍKIN, Anton Ivánovitch (1872-1947) – general, um dos dirigentes do Exército Branco no sul da Rússia. [97, 109, 143, 152, 154, 155, 164, 173, 180, 181-184]
DERMAN, Abram Boríssovitch (1880-1952) – crítico literário. [37, 38]
DIBENKO, Pável Efimovitch (1889-1938) – bolchevique, chefe militar, condenado à pena capital. [96]
DOMBRÓVSKI, G. V. (?) – empreendedor do Teatro de Miniatura de Moscou. [150]
DOSTOIÉVSKI, Fiódor Mikháilovitch (1821-1881) – célebre escritor. [122, 123, 148]
DRAKHOMÁNOV, Mikhailo Petróvitch (1841-1895) – editor, autor de obras sobre a história e o folclore da Ucrânia. [110]
DZERJÍNSKI, Félix Edmúndovitch (1877-1926) – revolucionário bolchevique, primeiro chefe da primeira polícia política secreta soviética, a Tcheká. [134]

EHRENBURG, Iliá Grigórievitch (1891-1967) – escritor, poeta, tradutor, jornalista, exilado que retornou à URSS. [10, 11, 13]
ESSIÊNIN, Serguei Aleksándrovitch (1895-1925) – célebre poeta, representante da poesia camponesa e imagismo. [132]

FELDMAN, Aleksandr (Sacha; ?-1919?) – anarquista, secretário do Comitê Executivo de Odessa. [109, 162, 183]
FIGNER, Vera Nikoláievna (1852-1942) – revolucionária, membro do grupo terrorista pré-revolucionário Vontade do Povo. [42]
FIÓDOROV, Aleksandr Mitrofánovitch (1868-1949) – poeta, romancista e dramaturgo, amigo de Búnin. [64]
FIOLIÊTOV, Anatóli Vassílievitch (1897-1918) – poeta, então um dos favoritos da juventude de Odessa. [79]
FRITSCHE, Vladímir Maksímovïtch (1870-1929) – crítico literário marxista. [24, 44]

GALLEN (Gallen-Kallela), Akseli (1865-1931) – artista plástico finlandês. [90]
GEORGE, David Lloyd (1863-1945) – primeiro-ministro da Grã-Bretanha. [133]
GHAZI (Mulá-Kazi ou Kazi-Mohamed; 1795-1832) – mulá que promoveu um Estado islâmico no Cáucaso e uma jihad contra as incursões russas na região. [143]
GONTARIÓV, Ivan Grigórievitch (?) – jornalista e editor. [45]
GÓRKI, Maksim (pseudônimo de Pechkóv, Aleksei Maksímovitch; 1868-1936) – célebre escritor, editor, amigo de Búnin até a revolução. [10, 13, 19, 45-47, 49, 60, 62, 65, 86, 90, 92, 98, 101, 119, 121]
GRÍCHIN-ALMÁZOV, Aleksei Nikoláievitch (1880-1918) – tenente-coronel do Exército Branco. [173]
GRIGÓRIEV, Nikolai Aleksándrovitch (1878-1919) – atamã, aliado temporário dos bolcheviques. [58, 112, 113, 115, 117, 121, 125-127, 130, 134, 180]
GRJÉBIN, Zinóvi Issáievitch (1877-1929) – editor. [160]
GRUZÍNSKI, Aleksei Evguiênievitch (1858-1930) – literato e acadêmico. [37, 38, 45]
GURKO, VassíliIóssifovitch (1864-1937) – general do Exército Branco. [68]
GUTCHKÓV, Aleksandr Ivánovitch (1862-1936) – militar da direita progressista, membro do governo provisório. [138]
GVÓZDEV, Kuzmá Antônovitch (1883-?) – ministro do Trabalho durante o Governo Provisório. [169]

HALBERSTADT, Liév Issáievitch (1878-1937?) – poeta, escritor e jornalista. [59]
HEGEL, Georg Wilhelm Friedrich (1770-1831) – filósofo alemão. [172]

HELZER, Ekaterina Vassílievna (1876-1962) – célebre bailarina do Teatro Bolchói. [73]
HERZEN, Aleksandr Ivánovitch (1812-1870) – escritor, editor e filósofo crítico do regime tsarista, símbolo da luta revolucionária no início do século XX. [74, 75, 93, 122, 156, 175]
HIMMER – ver SUKHÁNOV. [46, 160]
HINDENBURG, Paul von (1847-1934) – líder do avanço alemão na Rússia durante a Primeira Guerra, foi um dos presidentes da República Weimar na Alemanha. [23, 57]

IABLONÓVSKI, Aleksandr Aleksándrovitch (1870-1934) – jornalista. [27, 163]
IANUCHKIÉVITCH, Nikolai Nikoláievtich (1868-1918) – general do Exército Branco. [15]
IAVÔRSKAIA, Lídia Boríssovna (nome artístico; em solteira: Von Gyubbenet, em casada: Baratínskaia, com título de princesa; 1871-1921) – atriz, uma das principais estrelas do teatro russo na virada do século. [15]
IBSEN, Henrik (1828-1906) – poeta e dramaturgo norueguês. [55]
INBER, Vera Mikháilovna (nome de solteira: Spenzer; 1890-1972) – poeta, tradutora, jornalista. [10, 11]
IOAN (de Tambóv; 18?) – monge e eremita. [127, 128]
IOFFE, Adolf Abramovitch (1883-1927) – líder político, participou do acordo de Brest-Litóvski. [144, 151]
IORDÁNSKI, Nikolai Ivánovitch (Negorev; 1876-1928) – jornalista. [87]
IUCHKIÉVITCH, Pável Solomônovitch (1873-1945) – filósofo social-democrata, menchevique, irmão de Semion. [172]
IUCHKIÉVITCH, Semion Solomônovitch (1868-1927) – escritor, amigo próximo de Búnin. [110, 113, 115, 181]
IUZEFÓVITCH – ver SIÉVERNI. [59, 96]
IVANIÚKOV, Ivan Ivánovitch (1844-1912) – historiador, economista e editor. [108]

KALEDIN, Aleksei Maksímovitch (1861-1918) – atamã chefe do Exército do Rio Don, atuante no movimento branco. [34, 38]
KÁMENEV, Nikolai Mikháilovitch (1862-1918) – general. [37, 115]
KÁMENSKAIA, O. (?) – esposa do escritor Anatóli P. Kámenski. [31]
KARAKHAN, Liév Mikháilovitch (1889-1937) – revolucionário, diplomata, condenado à pena capital. [37, 155]
KATÁIEV, Valentin Petróvitch (1897-1986) – escritor soviético, teve Búnin como grande inspiração. [53, 104]

KAUFMANN, Aleksandr Arkádievitch (1864-1919) – economista, um dos líderes do partido dos *kadets*, o Partido Constitucional Democrata. [183]

KCHESSÍNSKAIA, Matilda Féliksovna (1872-1971) – bailarina principal do Teatro Mariínski. [92]

KHUDIAKOVA, Klávdia Iákovlievna (?) – esposa de Serguei Khudiakóv, militar soviético, um dos fundadores da Força Aérea soviética. [146]

KIPPEN, Aleksandr Abramovitch (1870-1938) – escritor. [116]

KLIESTÓV-ANGÁRSKI, Nikolai Semiônovitch (1879-1943) – crítico literário, escritor do Partido Comunista, bolchevique. [27]

KLIUTCHÉVSKI, Vassíli Óssipovitch (1841-1911) – historiador russo. [122]

KOGAN, Piotr Semiônovitch (1872-1932) – crítico literário, tradutor, professor da Universidade de Moscou. [13, 28]

KOIRÁNSKI, Aleksandr (Sacha) Aaronovitch (1884-1968) – escritor, poeta, tradutor, crítico literário e teatral. [10, 112]

KOKÓCHKIN, Fiódor Fiódorovitch (1871-1918) – advogado e editor, líder do partido dos *kadets*, membro do Governo Provisório. [160]

KOLLONTAI, Aleksandra Mikháilovna (1872-1952) – feminista, célebre colaboradora da causa revolucionária, diplomata. [96, 175]

KOLTCHAK, Aleksandr Vassílievitch (1874-1920) – almirante, líder do movimento branco durante a guerra civil. [57, 68, 84, 95, 96, 109, 133, 136, 153, 173, 181, 184]

KONDAKÓV, Nikodim Pávlovitch (1844-1925) – acadêmico, historiador da arte e amigo de Búnin. Fugiram juntos de Odessa para Constantinopla. [149]

KORNÍLOV, Lavr Gueórguievitch (1870-1918) – general da infantaria, líder da oposição contra o Governo Provisório em 1918, organizador do movimento branco no sul da Rússia durante a guerra civil. [38, 39, 128, 177]

KOROLENKO, Vladímir Galaktiónovitch (1853-1912) – escritor, crítico, editor, tradutor, membro honorário da Academia Imperial russa ligado ao movimento revolucionário. [81]

KOŚCIUSZKO, Tadeusz (1746-1817) – líder da Revolta de Kościuszko, na Polônia e Lituânia, em 1794. [142]

KOSTOMÁROV, Nikolai Ivánovitch (1817-1885) – historiador russo-ucraniano, escritor. [124]

KROPÓTKIN, Piotr Aleksêievitch (1842-1921) – proeminente anarquista e revolucionário. [142]

KRYLÓV, Ivan Andrêievitch (1769-1844) – jornalista, célebre escritor de fábulas. [100]

KUSKOVA, Ekaterina Dmítrievna (1869-1958) – política, editora e atuante na causa revolucionária. [24]

LAVRÓV, Piotr Lávrovitch (1823-1900) – sociólogo, editor, revolucionário, um dos ideólogos do movimento popular Naródnitchestvo. [110]

LAZÚRSKI, Vladímir Fiódorovitch (1869-1943) – historiador da literatura, professor da Universidade de Novorossíski, em Odessa. [65, 113]

LÊNIN, Vladímir Ilitch (Uliánov; 1870-1924) – líder da Revolução Russa, escritor. [27, 31, 34, 37, 41, 46-48, 61, 81, 92, 125, 134, 175]

LENOTRE, G. (pseudônimo de Louis Léon Théodore Gosselin; 1857-1935) – historiador francês. [134, 157, 159]

LOURIÉ, Semion Vladímitovitch (1867-1927) – filósofo e editor. [183]

LUNATCHÁRSKI, Anatóli Vassílievitch (1875-1933) – crítico de arte, tradutor, escritor bolchevique, primeiro-ministro da Cultura na Rússia soviética. [23, 28, 32, 46, 50, 62, 65]

LUXEMBURGO, Rosa (1871-1919) – uma dos líderes do movimento revolucionário internacional. [151]

MACKENSEN, August von (1849-1945) – general alemão durante a Primeira Guerra. [64]

MAIAKÓVSKI, Vladímir Vladímirovitch (1893-1930) – poeta futurista, considerado a principal voz da Revolução Russa. [10, 41, 46, 90-92]

MAKHNÓ, Nestor Ivánovitch (1889-1935) – líder da guerrilha anarquista Exército Insurgente de Makhnó na região da Ucrânia durante a guerra civil, lutou contra brancos e vermelhos. [112]

MALIANTÓVITCH, Pável Nikoláievitch (1869-1941) – advogado, ministro da Justiça no Governo Provisório, condenado à pena capital. [44, 45]

MALINÓVSKAIA, Elena Konstantinova (1875-1942) – diretora do Teatro Bolchói durante a guerra civil e esposa do arquiteto e político Pável Malinóvski (1869-1943). [45]

MAMAI (1320?-1380) – líder tártaro-mongol da Horda de Ouro, derrotado pelo grão-príncipe russo Dmítri Donskói na Batalha de Kulikovo em 1380. [20]

MINOR, Óssip Solomônovitch (1861-1932) – revolucionário, editor social-revolucionário, membro da Assembleia Constituinte. [49]

MIRBACH (Mirbach-Harff), Wilhelm von (1871-1918) – conde,
  embaixador do Império Alemão na Rússia soviética. [25]
MIROLÍUBOV, Viktor Serguêievitch (1860-1939) – escritor,
  editor. [47]
MÍSCHENKO, Pável Ivánovitch (1853-1919) – general do Exército
  Branco, atamã-chefe do Exército do Don. [31]
MURÁLOV, Nikolai Ivánovitch (1886-1937) – revolucionário,
  comandante do Exército Vermelho. [22, 24]
MÚROMETSEVA-BÚNINA, Vera (1881-1937) – tradutora, esposa de
  Búnin. [54]

NANSEN, Fridtjof (1861-1930) – oceanógrafo norueguês,
  pesquisador do Ártico, criador do passaporte Nansen, Nobel da
  Paz em 1922. [84]
NIÊMITS, Aleksandr Vassílievitch (1879-1967) – vice-almirante,
  comandante da Marinha do Mar Negro, colaborou com os
  exércitos Branco e Vermelho. [68, 85]
NILUS, Piotr Aleksándrovitch (1869-1943) – artista plástico e
  escritor, amigo de Búnin. [70]

ORLÓV-DAVÝDOV, Aleksei Anatólievitch (1871-1935), conde,
  proprietário de terras, político. [38]
ÓSSIPOVITCH, Naum Márkovitch (1870-1937) – escritor,
  revolucionário. [110, 131, 145]
OVSIÁNIKO-KULIKÓVSKI, Dmítri Nikoláievitch (1853-1920) – crítico
  literário, linguista e historiador da cultura. [110, 114, 116, 149]

PECHEKHÓNOV, Aleksei Vassílievitch (1867-1933) – político
  socialista, líder partidário e economista, foi ministro da
  Alimentação durante o Governo Provisório. [80]
PECHKOVA, Ekaterina Pávlova (1876-1965) – escritora, assistente
  social, esposa de Maksim Górki. [49]
PODBIÊLSKI, Vadim Nikoláievitch (1887-1920) – revolucionário
  social-democrata, comissário dos Correios e Telégrafos. [48]
PODVÓISKI, Nikolai Ilitch (1880-1948) – revolucionário
  bolchevique, militar, comissário do povo, um dos organizadores
  da Revolução de Outubro. [111, 119, 134]
POLEJÁIEV, Aleksandr Ivánovitch (1804-1838) – poeta, crítico do
  tsarismo e, por isso, condenado a servir o Exército como
  soldado. [142, 143]
POLEVÍTSKAIA, Elena Aleksándrovna (1881-1973) – atriz e esposa
  de Ivan Schmidt. [77, 152]

POPÓV, Nikolai Nikoláievitch (1890-1938) – revolucionário, historiador comunista. [143]

PREMÍROV, Mikhail Lvóvitch (1878-1935) – escritor. [49]

PUCHÊCHNIKOV, Nikolai (Kólia) Aleksêievitch (1982-1939) – escritor, tradutor e primo de segundo grau de Búnin. [27]

PÚCHKIN, Aleksandr Serguêievitch (1799-1837) – poeta, considerado o pai da literatura russa moderna. [40, 42, 74, 83, 86, 146]

PUGATCHÓV, Emelian (Emelka) Ivánovitch (1742?-1775) – cossaco, líder da maior insurreição contra o reinado de Catarina, a Grande, em 1773-1775. No início do século XX, passou a simbolizar a luta revolucionária. [72]

RADIÉTSKI, Ivan Márkovitch (1890-?) – jornalista, editor. [112]

RÁDONEJSKI, Sérgui (1314?-1392) – hegúmeno canonizado, unificador dos povos russos em torno de uma única fé, fundador de diversos mosteiros e visto como padroeiro da Rússia. Conhecido como São Sérgui e Sérgio de Radonege. [72]

RAKÓVSKI, Khristian Gueórguievitch (1873-1941) – político soviético, ativista internacional da Revolução. [75, 76, 81, 119, 182]

RÁZIN, Stiepan (Stienka) Timofêievitch (1630?-1671) – atamã de tropas cossacas, comandou uma das maiores insurreições do período tsarista em 1667-1671, a Insurreição de Stienka Rázin. [123, 124, 177]

REGUÍNIN, Vassíli Aleksándrovitch (1883-1962) – jornalista, escreveu peças em prol da Revolução. [85]

RENAN, Ernest Joseph (1823-1900) – filósofo francês e historiador do cristianismo. [111]

RÍVKIN, Iliá Efímovitch (1877-1922) – poeta e revolucionário. [35]

ROBESPIERRE, Maximilien (1785-1794) – revolucionário, líder radical dos jacobinos durante a Revolução Francesa. [134, 157]

ROMÁNOV – última dinastia a governar a Rússia, subiu ao poder em 1613 e ficou até 1917. [13, 60, 121, 124]

ROMÁNOV, Alexandre II (1818-1881) – tsar de 1855 a 1881, em 1861 decretou o fim da servidão na Rússia. [84, 111]

ROMÁNOV, Alexandre III (1845-1894) – tsar de 1855 a 1894. [30]

ROMÁNOV, Catarina II, a Grande (1729-1796) – tsarina de 1762 a 1796. [62, 126, 146]

ROMÁNOV, Mikhail Aleksándrovitch (1878-1918) – último tsar, executado em 1918. [133, 136]

ROMÁNOV, Nicolau I (1796-1855) – tsar de 1825 a 1855. [74, 143]

ROMÁNOV, Nicolau II (1868-1918) – tsar de 1894 a 1917. [22, 74, 145]

SÁBLIN, Iúri (Iúrka) Vladímirovitch (1897-1937) – social-revolucionário, oficial do Exército Vermelho. [35]
SAINT-JUST, Louis Antoine-Léon de (1767-1794) – jacobino, ficou conhecido como "arcanjo do terror" por sua atuação na Revolução Francesa. [134]
SALIKÓVSKI, Oleksandr Khomitch (1866-1925) – jornalista ucraniano aliado aos nacionalistas ucranianos, líder político e civil. [24]
SALTITCHÍKHA, Dária Nikoláievna (apelido de D. N. Saltikova; 1730-1801) – senhora de terras, conhecida torturadora e assassina de servos. [83]
SAMÁRIN, Aleksandr Dmítrievitch (1868-1932) – político, procurador-geral do Santíssimo Sínodo da Igreja Ortodoxa. [25]
SANDIÉTSKI, Aleksandr Guénrikhovitch (1851-1918) – general de infantaria, membro do Conselho de Guerra Russo. [31]
SÁVINA, Maria Gavrílovna (1854-1915) – atriz, artista emérita do Império Russo. [61, 70]
SÁVINKOV, Bóris Víktorovitch (pseudônimo: V. Rópchin; 1879-1925) – escritor, membro do Partido Social-Revolucionário, ministro da Guerra no Governo Provisório. [48]
SÁVITCH, Serguei Serguêievitch (1863-1939) – general, atuou no movimento branco no norte da Rússia. [34]
SCHADENKO, Efim Afanássievitch (1885-1951) – revolucionário, comandante militar na Ucrânia. [113]
SCHEGLOVÍTOV, Ivan Grigórievitch (1861-1918) – político, ministro da Justiça de 1906 a 1915, último presidente do Conselho de Estado imperial. [44]
SCHEIDEMANN, Philipp (1865-1939) – líder social-democrata alemão, primeiro chanceler da República de Weimar. [133]
SCHIÊPKIN, Evguiêni Nikoláievitch (1860-1920) – professor, historiador e ativista político. Primo de segundo grau de Tatiana Schépkina-Kupernik. [57, 59, 108, 109]
SCHÉPKINA-KUPERNIK, Tatiana Lvovna (1874-1952) – escritora e tradutora. [96, 121, 182]
SCHMIDT, Ivan Fiódorovitch (?-1939) – diretor do teatro da Marinha Vermelha e marido de Elena Polevítskaia. [152]
SEVERIÁNIN, Igor (pseudônimo de I. Vassílievitch Lotarióv; 1885-1951) – célebre poeta futurista. [86]
SIÉVERNI, Bóris Samóilovitch (pseudônimo de B. S. Iuzefóvitch; 1888-1937) – revolucionário bolchevique, organizador do movimento bolchevique e da Guarda Vermelha de Odessa, fundou e dirigiu a Tcheká da cidade. [59, 96, 98]

SKABITCHIÉVSKI, Aleksandr Mikháilovitch (1838-1911) – crítico e historiador da literatura. [72]

SÓBOL, Andrei (pseudônimo de Iúli Mikháilovitch Sóbol; 1888-1926) – jornalista, escritor, participou do Governo Provisório. [87]

SOLOVIÓV, Serguei Mikháilovitch (1820-1879) – historiador, atribuiu à queda dos valores morais as revoltas que marcaram a transição entre os séculos XVI-XVII. [124]

SPERÁNSKI, Nikolai Vassílievitch (1861-1921) – jornalista. [9, 31]

SPIRIDÔNOVA, Maria Aleksándrovna (1884-1941) – revolucionária, líder do Partido Social-Revolucionário de Esquerda. [42]

STEINBERG, Isac Zakhárovitch (1888-1957) – advogado, político social-revolucionário, editor em ídiche. [28]

STEKLÓV, Iúri Mikháilovitch (ou I. Nevzorov, pseudônimos de Iú. M. Nakhámkis; 1873-1941) – revolucionário, historiador, editor e político. [160]

STÚTCHKA, Piotr Ivánovitch (1865-1932) – revolucionário, político e advogado letão, comissário da Justiça em 1917. [36]

SUKHÁNOV, Nikolai Nikoláievitch (pseudônimo: Himmer, N. N.; 1882-1940) – revolucionário, economista e editor. [46, 160]

SÚRIKOV, Vassíli Ivánovitch (1848-1916) – célebre pintor, mestre da pintura histórica e mitológica. [30]

SVERDLÓV, Iákov Mikháilovitch (1885-1919) – revolucionário, líder bolchevique, político. [81, 153]

TATÍSCHEV, Vassíli Nikoláievitch (1686-1750) – historiador. [67]

TCHÉKHOV, Anton Pávlovitch (1860-1904) – célebre escritor, médico e amigo de Búnin. [96, 99, 192]

TCHÍRIKOV, Evguiêni Nikoláievitch (1864-1932) – escritor e poeta. [24, 25]

TCHITCHIÉRIN, Gueórgui Vassílievitch (1872-1930) – comissário de Assuntos Estrangeiros soviético, assinou o acordo de Brest-Litóvski. [75, 150]

TESLIÊNKO, Nikolai Vassílievitch (1870-1942) – advogado. [37]

TÍKHONOV, Aleksandr Nikoláievitch (pseudônimo: A. N. Serebróv; 1880-1956) – escritor, editor. [46, 47]

TIÚTCHEV, Fiódor Ivánovitch (1803-1873) – poeta eslavófilo. [10, 100]

TOLSTÓI, Aleksei Konstantínovitch (1880-1956) – escritor. [40, 86]

TOLSTÓI, Liév Nikoláievitch (1817-1875) – conde, célebre escritor. [44, 61, 83, 84, 98, 99, 102]

TRENIÓV, Konstantin Andrêievitch (1876-1945) – escritor e dramaturgo. [40]

TRÓTSKI, Liév (pseudônimo de Bronstein, Liév Davídovitch; 1879-1940) – revolucionário marxista, líder bolchevique, oficial soviético. [27, 36, 46, 47, 50, 81, 95, 130, 134, 136, 163, 173]
TRUBETSKÓI, Evguiêni Nikoláievitch (1863-1920) – príncipe, advogado, filósofo da religião. [80]
TSIÊTLIN, Mikhail Óssipovitch (pseudônimo: Amari; 1882-1945) – poeta, editor, mecenas, marido de Maria S. Tsiêtlina. [50]
TSIÊTLINA, Maria Samóilovna (nome de solteira: Tumarkina; 1882-1976) – editora, figura pública que exerceu influência política e artística dentro e fora da Rússia. [50]

VARCHÁVSKI, Serguei Ivánovitch (Israil Mordkhóvitch Varchávski até conversão ao cristianismo ortodoxo; 1879-1945) – jornalista, advogado, pai do escritor exilado Vladímir Varchávski. [117, 152, 162, 181]
VARNEKE, Bóris Vassílievitch (1874-1944) – literato, historiador do teatro, professor da Universidade de Novorossíski, em Odessa. [145]
VASKÓVSKI, A. V. (?) – membro do grupo Artistas do Sul da Rússia, que reunia artistas e escritores em Odessa. [70]
VERHAEREN, Émile (1855-1916) – poeta e dramaturgo belga. [85]
VESSELÓVSKI, Iúri Aleksêievitch (1872-1919) – crítico literário, escritor, poeta, tradutor. [44]
VOLÓCHIN, Maksimilian Aleksándrovitch (1887-1932) – poeta. [56, 57, 59, 68, 85, 86, 96, 98]

WILDE, Oscar (1856-1900) – célebre poeta e dramaturgo irlandês. [21]
WILSON, Thomas Woodrow (1856-1924) – presidente dos Estados Unidos de 1913 a 1921. [125]

ZAGÓSKIN, Mikhail Nikoláievitch (1789-1852) – escritor e dramaturgo. [50]
ZELIÓNI, Danilo Ilitch (pseudônimo de D. I. Terpilo; 1886-1919) – revolucionário ucraniano, atamã durante a Guerra Civil. [112]
ZIBER, Nikolai Ivánovitch (1844-1888) – economista, responsável pela popularização do marxismo na Rússia. [110]
ZÚBOV, Konstantin Aleksándrovitch (1888-1956) – ator, diretor de teatro e cinema, recebeu o título honorífico Artista do Povo na URSS. [27]

PREPARAÇÃO Yuri Martins de Oliveira
REVISÃO Ricardo Jensen de Oliveira, Paula Queiroz
e Tamara Sender
CAPA Bruna Keese
GRAVURA DA CAPA Ana Calzavara
REPRODUÇÃO DA IMAGEM Nino Andrés
PROJETO GRÁFICO DE MIOLO Bloco Gráfico

DIRETOR-EXECUTIVO Fabiano Curi

EDITORIAL
Graziella Beting (diretora editorial)
Livia Deorsola (editora)
Laura Lotufo (editora de arte)
Kaio Cassio (editor-assistente)
Gabrielly Saraiva (assistente editorial/direitos autorais)
Lilia Góes (produtora gráfica)

RELAÇÕES INSTITUCIONAIS E IMPRENSA Clara Dias
COMUNICAÇÃO Ronaldo Vitor
COMERCIAL Fábio Igaki
ADMINISTRATIVO Lilian Périgo
EXPEDIÇÃO Nelson Figueiredo
DIVULGAÇÃO/LIVRARIAS E ESCOLAS Rosália Meirelles

EDITORA CARAMBAIA
Av. São Luís, 86, cj. 182
01046-000 São Paulo SP
contato@carambaia.com.br
www.carambaia.com.br

copyright desta edição © Editora Carambaia, 2023
copyright © The Ivan Bunin Estate (Great Britain), 2023

Título original: *Okaiannye dni* [Berlim, 1936]

CIP-BRASIL. CATALOGAÇÃO NA PUBLICAÇÃO
SINDICATO NACIONAL DOS EDITORES DE LIVROS, RJ

B959d
Búnin, Ivan Aleksêievitch, [1870-1953]
Dias malditos / Ivan Aleksêievitch Búnin;
tradução, notas e posfácio Márcia Vinha.
1. ed. – São Paulo: Carambaia, 2023.
212 p.; 21 cm.

Tradução de: *Okaiannye dni*
ISBN 978-65-5461-044-5

1. Ficção russa. I. Vinha, Márcia. II. Título.

23-86264   CDD: 891.73   CDU: 82-3(470+571)
Gabriela Faray Ferreira Lopes – Bibliotecária CRB-7/6643

ilimitada

FONTE
Antwerp

PAPEL
Pólen Soft 80 g/m²

IMPRESSÃO
Geográfica